朗读者 II

主编　董卿

3

人民文学出版社

图书在版编目（CIP）数据

朗读者Ⅱ.3 / 董卿主编. —北京：人民文学出版社，2018
ISBN 978-7-02-014763-2

Ⅰ.①朗… Ⅱ.①董… Ⅲ.①中国文学—当代文学—作品综合集
Ⅳ.①I217.1

中国版本图书馆CIP数据核字（2018）第278429号

责任编辑 廉 萍 张欣宜 曾少美 孔令燕
装帧设计 陶 雷
责任校对 罗翠华 王筱盈 李义洲
责任印制 王重艺

出版发行 人民文学出版社
社　　址 北京市朝内大街166号
邮政编码 100705
网　　址 http://www. rw-cn. com

印　　刷 北京中科印刷有限公司
经　　销 全国新华书店等

字　　数 217千字
开　　本 890毫米×1290毫米 1/32
印　　张 9.375
印　　数 1—50000
版　　次 2019年1月北京第1版
印　　次 2019年1月第1次印刷

书　　号 978-7-02-014763-2
定　　价 56.00元

序言一

铁凝

这段时间，身边许多朋友都在谈论《朗读者》。他们中有些是文学界的同行，但大多数从事的工作与文学并无直接关联。他们有着各自不同，甚至罕有交集的身份，然而当谈论《朗读者》、谈论节目里那些经典篇章的时候，他们的眼睛里流露着相同的情感，那就是温柔与感动。我愿意相信，在这一刻，我与他们共享着同一个幸福的身份，那就是文学的阅读者、人类心灵的倾听者。

我同时注意到，由《朗读者》而起的诵读文学经典的热潮，并没有仅仅停留在媒体传播和好友热议的层面，它已经渗入了广大的人群，成为生活场景：许多城市都设置了“朗读亭”，每一个经过的人都可以走入其中，朗读自己喜爱的篇章并进行录制，他们的声音和形象将有可能出现在《朗读者》节目的正片之中。许多城市的“朗读亭”外都排起了长队，听说有读者为了录制三分钟的视频，在亭外耐心等待了足足九个小时。

《朗读者》已经成了一道醒目的文化风景、一种引人深思的文化现象。它向我们证明，诚挚、深沉、优美、健康的内容，在今天依然能够获得普遍的关注，好的文学永远拥有直指人心的伟大力量。常有人说，我们生活在一个匆忙浮躁的时代，当代人的精神世界平庸而匮乏。对于这样的观点，我只能部分地认同。当下的生活固然匆忙，很多时候，我们也的确面临着浮躁的问题；但即使出于种种原因，我们同自己内心相处的时间相对有限，人们依然会本能地渴望着纯粹、辽阔、有质量的精神生活。近年来，以《朗读者》为代表的一批文学文化类节目广受欢迎，正是因为它们引导人们放慢生命节奏，倾听内心的声音，顺应和满足了人们对精神生活的渴望。

《朗读者》中出现的文本，很多是经过漫长时间检验的名篇佳作；即使是出于今人之手的篇章，此前也多已在读者间广为流传。它们中有相当一部分，都当得起“经典”二字。何为经典？答案可能有很多，但我想最直接的一条，就是它们拥有温暖而强劲的力量，能够长久不衰地体贴灵魂、拨动心弦，触碰到我们情感深处最柔软最深刻的部位。这种力量，并不会因时间流逝和年代更迭而减弱。《朗读者》里的许多篇章，都是我早年间的挚爱；那些熟悉的文字，关乎爱与恨、喜与悲、生与死、豪情与希望，曾经深刻地启示了、影响了我们这一代人。很多年过去了，我发现，今天的年轻读者依然会为之鼓舞、感动；其中有许多句子，我至今能够脱口背诵，它们在新一代读者心中同样激起了深沉的回响。好的文学就是这样，它能够跨越年龄和代际的鸿沟，陪伴一代又一代人成长，在情感体验和文化记忆的代代传承之中，把种种高贵和美好的品质传递给无尽的后来人。

朗读，就是朗声诵读，是倾听自己的声音，也是倾听他人的声音。通过口的诵读与耳的倾听，汉语和它内在的气质、精神，以焕然一新的方式进入了我们的心灵。古老而常新的汉语，具有抑扬顿挫的独特韵律，这韵律不仅是美的，而且包含着我们共同的文化记忆和我们共同的情感。正是在这个意义上，《朗读者》使阅读成了认同的过程，一个人在朗读中寻求更为广大的联系——通过这美好的母语，我们不仅彼此看见，我们还得以彼此听见，我们得以完成彼此身份的响亮确证，由此结成血脉相连、情感相通的共同体。

现在，《朗读者》里的故事和诵读篇目已被整理成书，由人民文学出版社出版，将有更多的读者阅读和朗读这些作品，从中感受真善美的力量，感受文学的力量。同时，这一切也是对包括我在内的写作者的提醒：一个人内心的声音在广大的人群中持久回响，这是世上最美好的事，这更是一份严肃庄重的责任。我们会更深刻地记住这份提醒，认真地写下去，把心交给读者，把更多的好作品献给我们的人民。

序言二

叶嘉莹

二○一七年的时候，董卿女士邀请我参与《朗读者》节目的录制。我是一九二四年生人，年纪很大了，本来不接受媒体的采访和活动，但听到约我去吟诵，我就去了。在我的心目之中，吟诵是诗歌生命里边最重要的一部分，古人作诗大都是伴随着吟诵写出来的。我这么大年纪的人，从小都有这种吟诵的习惯。中国古典诗歌之美最需要以吟诵来传达，吟诵的时候，声调、音节的美感都会跑到你的头脑里、心灵里。吟诵久了，你不用专门学平仄、押韵，自然就学会合辙押韵了。我亲自体会到了古诗之美、吟诵之美，而现在的青年人，他们找不到一扇进去的门。我一辈子不辞劳苦所要做的事情，就是把这扇门打开，让大家都能走进去。

在我看来，《朗读者》也在扮演一个开门人的角色，它借由朗读的魅力来推广阅读，将最有生命力的文字普及于社会，将普通的读者都接引到最美好、动人的文学里面来。我认为这是《朗读者》最大的意义和价值所在。朗声读诵，往往是接近一篇文学作品最快、最直接、最深入的方式。

文学的力量是惊人的。《朗读者》之所以令我们感动，就是因为它将我们的人生与文学紧密牵连在了一起，它为所有世间的苦痛与无奈、热望与激情，都找到了最贴近的文字。在朗读的时候，我们的灵魂与文学家的灵魂遥相呼应，碰撞出兴发感动之力。我的一生有诸多不幸，遭遇了许多打击，文学始终是支持我走过忧患的力量，是给我带来慰藉的源泉。我有了诗词，有了文学，便有了一切。其实，对每一个有感觉、有感情的人来说，都会是如此。

《朗读者》第一季图书由人民文学出版社出版，听闻受到大量读者的喜爱，我感到很高兴。这说明现在人们还是愿意阅读，愿意与文学亲近。人民文学出版社出版文学作品的历史颇为悠久，他们出版的图书囊括古今中外，给中国几代读者带来莫大影响。《朗读者》的出版，意味着他们又多了一种可以长久流传、影响深远的好书。今年，他们推出新一季的《朗读者》图书，我希望明年、后年，都能有新一季的图书继续出版，希望他们将推广阅读这件重要的事情长远地做下去。

目录

谢谢

痛

十　年

故　乡

谢　谢

Gratitude

“我惨淡无神地提着书包，抱着绝望的心情走进最末一家书店。书架上那本书的位置换了另外的书，心整个沉下了。正在这时，一个耳朵架着铅笔的店员走过来了……一本书触着我的胳膊，轻轻地送到我的面前：‘请看吧，我多留了一天没有卖。’啊，我接过书害羞得不知应当如何对他表示我的感激，他却若无其事地走开了。”

这是《城南旧事》的作者林海音写的一篇散文，讲述的是她小时候爱看书，又没钱买书，只能偷偷地到书店里去蹭书看，时常会被驱赶。直到有一天她遇到了一位好心的店员，把她喜欢的那本书一直留着没有卖。这件小事，让她难以忘怀。二十年后，她提笔写下了这篇《窃读记》。

“谢谢”的背后，有时候是恩重如山的相助，有时候是不动声色的善良。它教会我们，应该如何去爱这个世界。就像林海音在这篇文章的最后所写的：“记住，你是吃饭长大，读书长大，也是在爱里长大的！”

谢　谢

Gratitude

走进

朗读亭

Reading

Pavilion

海桑的《给我的孩子》，送给我们的孩子。

我爱你多些／就像我父亲爱我多些／事情只能如此。

朗读者　张泽西（工程师）　陈颖（医生）

今年是外婆去世的第一年。外婆，你知道吗？我大三了，一个人在南京过得挺好的。你被疾病折磨的时候，我却在学校不能回去看你，对不起。

我想把汪国真的《让我怎样感谢你》送给我的外婆。

让我怎样感谢你／当我走向你的时候／我原想收获一缕春风／你却给了我整个春天。

朗读者　蒋燕（学生）

我的名字叫麦兜，谢谢春田花花幼儿园的陈老师，教会我朗读这篇小故事——《你，要比我多吃》，送给我妈妈。

他们都说，我长得跟妈妈一模一样。一样的眼圈，一样的鼻鼻，一样的尾尾。只是，妈妈的眼圈比我大，鼻孔比我宽，尾尾比我的长，看上去是一模一样，不过是加大码。妈妈说，到我长大，我才是一个加大大大码。

这一夜，妈妈的大手拉着我的小手外出吃饭——很美味的豉油鸡。我吃得很快，妈妈吃得很慢。我吃了大半边，她吃了小半边。有点不好意思啊，妈妈！妈妈说："不要紧，你还在发育，要比我多吃。"于是我长肉，长大，妈妈却比从前缩小了，褶皱的脸，下塌的鼻子，收缩的尾巴。我们始终很相像，不过我是加大大大码，妈妈是加小小小码。

这一夜，我拉着妈妈的手带她外出吃饭——弄得很好的豉油鸡。我慢慢地吃，妈妈吃得更慢更慢，之后停下来了。她说："不打紧，我老了，你要比我多吃。"

谢谢您，妈妈。

朗读者　麦兜

（麦家碧、谢立文创作麦兜读本）

（本期节目于 2018 年 7 月 14 日播出）

Readers

MA
YI
LI

朗读者

马伊琍

“独立，不依附于别人。”这应该是马伊琍的父亲给她上过的最重要的一课。多年以来，这个人生信条始终跟随着她、提醒着她、塑造着她。

马伊琍出生在上海一个普通工人家庭，中学开始学习跳舞，十五岁就进入上海电视台综艺舞蹈队，可以自食其力赚取学费了。1993 年，一次偶然的机会，十七岁的她被制片人看中，出演电影《刘海粟》的女主角，得到酬劳八百元——这对当时的她来说是一笔巨款。从那时起，马伊琍开始逐渐取代父母，成为家里的经济支柱。

从上海戏剧学院毕业后，马伊琍正式进入演艺圈。2002 年，她因出演《还珠格格Ⅲ：天上人间》中夏紫薇一角被观众熟知，然而她真正喜欢挑战的，还是那些内心骄傲坚韧、充满力量感的女性，因为这样的角色才最接近她本人的性格。2007 年，她遇到了《奋斗》，剧中夏琳一角仿佛是为她量身打造的。凭借这个角色，她的知名度大为提升，事业被推上了一个高峰。此后多年时间里，她先后出演了《北上广不相信眼泪》《我的前半生》等剧，塑造了许多现代都市独立女性的形象，让人印象深刻。

近两年，马伊琍的目光开始聚焦以前不会关注的人群，饰演一些平凡、失败的小人物。她把这种转变归结为自己开始拥有理解和共情的能力，开始学会放下坚硬的外壳，去理解跟自己大不相同的女性。随着年龄增长，她变得更柔软了。

董　卿：你在电影《找到你》中的一些造型颠覆了以往作品中比较干练的都市女性的形象。

马伊琍：是的，电影中的这个女性叫孙芳。这部电影其实告诉了很多人，不管一个女性是贫穷的、富有的，还是高贵的、低贱的，本质上都是非常爱孩子的。

董　卿：关于这一点，你在自己有了孩子之后，是不是会有更深刻的感受？

马伊琍：嗯。我觉得孩子会让一个女人变得非常完整，你会体会到自己父母的艰辛。

董　卿：你成长在一个什么样的家庭里面？

马伊琍：一个非常普通的家庭。我爸爸妈妈是双职工，我是在石库门长大的上海女儿，弄堂里出来的。

董　卿：妈妈怎么来操持这个家呢？

马伊琍：我妈妈特别会织毛衣。晚上，常常是我跟爸爸都睡了，妈妈还开着一盏小台灯织毛衣。在我的印象中妈妈就是每天都在织毛衣。

董　卿：（看屏幕）我们看一下，这是马伊琍小时候妈妈给她织的毛衣。

马伊琍：左边那一张，从上到下都是妈妈织的。十三四岁的时候长大了，就老觉得穿毛衣的是小孩。我说，我想穿买来的衣服。妈妈说，你有没有想过，买来的衣服都差不多，我给你织的是独一无二的。

董　卿：但是那个时候可能不能完全理解这独一无二的意义到底是什么。

马伊琍：是的，我妈妈现在还在给我的女儿织。

董　卿：爸爸在哪些方面会对你有比较大的影响？

马伊琍：他从来没有把我当成一个柔柔弱弱的女孩子，他一直希望女孩子要做到不比男孩子差。我小的时候就很喜欢参加艺术团的演出，所以我爸爸每天拿到报纸就看中缝儿，看到有艺术团在招生，就立刻骑自行车带着我去考。最后我就考到了上海电视台的一个舞蹈队。一次课要两个小时，爸爸就在外面等两个小时。下课了以后，再用自行车带我回家。有一次，我记得那时已经有肯德基了，爸爸说："明天排练完带你去吃一次肯德基。"后来他说："你进去吃，我在外面等。"我说我不要，我就不要吃。我觉得我不能接受这样。

董　卿：其实你不要，是因为你不想爸爸在外面等，你在里面吃。

马伊琍：对。

董　卿：你从什么时候开始懂得你也应该为家里分担一些？

马伊琍：很早。因为我通过演出挣到了演出费，所以我很早就可以自己交学费了。我还有一个非常明确的目标，就是要好好读书，没有别的出路。因为我父母都是知青，初中没有毕业就去了江西，所以大概从我二年级开始，妈妈就说："我什么都教不了你了。"

董　卿：如果当时你真的遇到不懂的或者做不了的作业怎么办？

马伊琍：空着。有一次我早上去好朋友家里，等她一起上学，看见她爸爸在教她，她爸爸是工程师。那时候我挺羡慕的，就跟妈妈抱怨，你看人家的爸爸妈妈都会，都可以教孩子，你就不会。但是我现在觉得靠自己特别好，就像《我的前半生》里有一句话——与其让别人打伞，不如自己给自己打伞。学习、工作、生活都是这样，越早做这个准备越好。

董　卿：爸爸是不是特别信任你？

马伊琍：对，我父母一直非常信任我。高中一年级的时候，学校有一个刚从师范学院毕业的女老师，她请每个家长到办公室来领孩子的学生手册。爸爸打开我的手册，上边的分数都是考得很好的，但是看到"思想品德"那块写了一个"差"，爸爸非常惊讶。他就问老师，这个"差"是怎么回事？老师说："你女儿跟多个男生早恋。"我爸爸当时就特别平静地说："哦，好的。那你能不能在纸上写下男生的名字？"老师就写了一个名字。我爸爸一看，说："老师，还有呢？不是多个吗？"老师就生气了。然后我爸爸说："老师，我不跟你说了。我女儿我最了解她，我还是找校长去说吧。"两个人不欢而散。

董　卿：后来你听到爸爸的这种反应，是什么感觉？

马伊琍：我就哭了，一是觉得很冤枉，二是我很感激爸爸，同时也会更提醒自己，要做得更自觉，可以让父母更信任我。我父母没有受过多好的教育，他们连初中都没有毕业。他们怎么会知道应该怎么教自己的孩子呢？我也觉得很惊讶。

董　卿：他们会有一些做人的原则。

马伊琍：对，是的。上大学了，我爸爸会说，你跟男同学出去吃饭，不能让他们买单。他会提醒我，你有没有带钱？所以我一直特别喜欢买单。（全场笑）

董　卿：这是不是你心里始终感谢他们的地方？

马伊琍：对。在孩童时期，如果父母给一个孩子爱的满足，就会让那个孩子很有安全感。尤其对女孩子而言，如果有一个非常非常爱她的父亲，那么她活在这个世界上会很有底气；如果有一个非常非常爱她的妈妈，那么她会很懂得自尊自重，也会懂得爱自己。

董　卿：现在回想起来，家里让你觉得最开心的场面是什么？

马伊琍：我至今都非常怀念我大学毕业以后刚开始拍戏的那段时间。那时候没有卡，都是带现金回家，我就把钱放在床上，爸爸来数。其实都数过了，再数一遍就很开心。然后一家人晚上吃开水泡饭，吃完了泡饭就躺在床上开始聊天。

董　卿：那你有没有想过，如果有一天这两个人不在世上了会怎样？

马伊琍：我想过的。我觉得我是非常理智、非常现实的，因为我妈妈一直在说，人活着的时候要对他好一点；不在了的时候，你再做都是做给别人看的。所以我觉得如果我可以不留遗憾，这就是最棒的结局。

董　卿：过好自己的每一天，过好和他们在一起的每一天，这就是我们感谢父母的最好的方式。你今天想要为大家读些什么呢?

马伊琍：今天会给大家读杨绛先生的《我们仨》，献给所有的父母。杨绛先生是我非常非常喜欢的一位作家。

董 卿：《我们仨》是她在九十二岁高龄的时候，一个人回忆三个人过往的点点滴滴。即便她最爱的两个人走了，她的笔触还是那么温柔，真的能够让人感受到做人的朴素和高贵所在。

我们仨（节选）

杨 绛

三里河寓所，曾是我的家，因为有我们仨。我们仨失散了，家就没有了。剩下我一个，又是老人，就好比日暮途穷的羁旅倦客；顾望徘徊，能不感叹“人生如梦”“如梦幻泡影”？

但是，尽管这么说，我却觉得我这一生并不空虚；我活得很充实，也很有意思，因为有我们仨。也可说：我们仨都没有虚度此生，因为是我们仨。

“我们仨”其实是最平凡不过的。谁家没有夫妻子女呢？至少有夫妻二人，添上子女，就成了我们三个或四个五个不等。只不过各家各个样儿罢了。

我们这个家，很朴素；我们三个人，很单纯。我们与世无求，与人无争，只求相聚在一起，相守在一起，各自做力所能及的事。碰到困难，锺书总和我一同承当，困难就不复困难；还有个阿瑗相伴相助，不论什么苦涩艰辛的事，都能变得甜润。我们稍有一点快乐，也会变得非常快乐。所以我们仨是不寻常的遇合。

现在我们三个失散了。往者不可留，逝者不可追；剩下的这个我，再也找不到他们了。我只能把我们一同生活的岁月，重温一遍，和他们再聚聚。

……

自从迁居三里河寓所，我们好像跋涉长途之后，终于有了一个家，我们可以安顿下来了。

我们两人每天在起居室静静地各据一书桌，静静地读书工作。我们工作之余，就在附近各处“探险”，或在院子里来回散步。阿瑗回家，我们大家掏出一把又一把的“石子”把玩欣赏。阿瑗的石子最多。周奶奶也身安心闲，逐渐发福。

我们仨，却不止三人。每个人摇身一变，可变成好几个人。例如阿瑗小时才五六岁的时候，我三姐就说：“你们一家呀，圆圆头最大，锺书最小。”我的姐姐妹妹都认为三姐说得对。阿瑗长大了，会照顾我，像姐姐；会陪我，像妹妹；会管我，像妈妈。阿瑗常说：“我和爸爸最‘哥们’，我们是妈妈的两个顽童，爸爸还不配做我的哥哥，只配做弟弟。”我又变为最大的。锺书是我们的老师。我和阿瑗都是好学生，虽然近在咫尺，我们如有问题，问一声就能解决，可是我们决不打扰他，我们都勤查字典，到无法自己解决才发问。他可高大了。但是他穿衣吃饭，都需我们母女把他当孩子般照顾，他又很弱小。

他们两个会联成一帮向我造反，例如我出国期间，他们连床都不铺，预知我将回来，赶忙整理。我回家后，阿瑗轻声嘀咕：“狗窠真舒服。”有时他们引经据典的淘气话，我一时拐不过弯，他们得意说：“妈妈有点笨哦！”我的确是最笨的一个。我和女儿也会联成一帮，笑爸爸是色盲，只识得红、绿、黑、白四种颜色。其实锺书的审美感远比我强，但他不会正确地说出什么颜色。我们会取笑锺书的种种笨拙。也有时我们夫妇联成一帮，说女儿是学究，是笨蛋，是傻瓜。

我们对女儿，实在很佩服。我说：“她像谁呀？”锺书说：“爱教书，像爷爷；刚正，像外公。”她在大会上发言，敢说自己的话。“大跃进”期间，她刚做助教，因参与编《英汉小词典》（商务出版），当了代表，到外地开一个“极左”的全国性语言学大会。有人提出凡“女”字旁的字都不能用，大群“左派”都响应赞成。钱瑗是最小的小鬼，她说：“那么，毛主席词‘寂寞嫦娥舒广袖’怎么说呢？”这个会上被贬得一文不值的大学者如丁声树、郑易里等老先生都喜欢钱瑗。

钱瑗曾是教材评审委员会的审稿者。一次某校要找个认真的审稿者，校方把任务交给钱瑗。她像猎狗般嗅出这篇论文是抄袭。她两个指头，和锺书一模一样地摘着书页，稀里哗啦地翻书，也和锺书翻得一样快，一下子找出了抄袭的原文。

一九八七年师大英语系与英国文化委员会合作建立中英英语教学项目(TEFL)，钱瑗是建立这个项目的人，也是负责人。在一般学校里，外国专家往往是权威。一次师大英语系新聘的英国专家对钱瑗说，某门课他打算如此这般教。钱瑗说不行，她指出该怎么教。那位专家不服。据阿瑗形容：“他一双碧蓝的眼睛骨碌碌地看着我，像猫。”钱瑗带他到图书室去，把他该参考的书一一拿给他看。这位专家想不到师大图书馆竟有这些高深的专著。学期终了，他到我们家来，对钱瑗说：“Yuan, you worked me hard.”但是他承认“得益不浅”。师大外国专家的成绩是钱瑗评定的。

我们眼看着女儿在成长，有成就，心上得意。可是我们的“尖兵”每天超负荷地工作——据学校的评价，她的工作量是百分之二百，我觉得还不止。她为了爱护学生，无限量地加重负担。例如学生的毕业论文，她常常改了又责令重做。我常问她：“能偷点儿懒吗？能别这么认真吗？”她总摇头。我只能暗暗地在旁心疼。

阿瑗是我生平杰作，锺书认为“可造之材”，我公公心目中的“读书种子”。她上高中学背粪桶，大学下乡下厂，毕业后又下放“四清”，九蒸九焙，却始终只是一粒种子，只发了一点芽芽。做父母的，心上不能舒坦。

锺书的小说改为电视剧，他一下子变成了名人。许多人慕名从远地来，要求一睹钱锺书的风采。他不愿做动物园里的稀奇怪兽，我只好守住门为他挡客。

他每天要收到许多不相识者的信。我曾请教一位大作家对读者来信是否回复。据说他每天收到大量的信，怎能一一回复呢。但锺书每天第一事是写回信,他称“还债”。他下笔快,一会儿就把“债”还“清”。这是他对来信者一个礼貌性的答谢。但是债总还不清；今天还了，明天又欠。这些信也引起意外的麻烦。

他并不求名，却躲不了名人的烦扰和烦恼。假如他没有名，我们该多么清静!

人世间不会有小说或童话故事那样的结局：“从此，他们永远快快活活地一起过日子。”

人间没有单纯的快乐。快乐总夹带着烦恼和忧虑。

人间也没有永远。我们一生坎坷，暮年才有了一个可以安顿的居处。但老病相催，我们在人生道路上已走到尽头了。

周奶奶早已因病回家。锺书于一九九四年夏住进医院。我每天去看他，为他送饭，送菜，送汤汤水水。阿瑗于一九九五年冬住进医院，在西山脚下。我每晚和她通电话，每星期去看她。但医院相见，只能匆匆一面。三人分居三处，我还能做一个联络员，经常传递消息。

一九九七年早春，阿瑗去世。一九九八年岁末，锺书去世。我们三人就此失散了。就这么轻易地失散了。“世间好物不坚牢，彩云易散琉璃脆”。现在，只剩下了我一人。

我清醒地看到以前当作“我们家”的寓所，只是旅途上的客栈而已。家在哪里，我不知道。我还在寻觅归途。

选自人民文学出版社《杨绛全集》第四卷

杨绛晚年的不幸际遇——丧女之痛和丧夫之痛，在《我们仨》里，有隐忍而克制的叙述，偶尔一个情感浓烈的句子跳出，无不令人深感钝痛。她写看到爱女将不久于人世时的心情："我觉得我的心上给捅了一下，绽出一个血泡，像一只饱含着热泪的眼睛"；送别阿瑗时，"我心上盖满了一只一只饱含热泪的眼睛，这时一齐流下泪来"。但是这一切并没有摧垮杨绛，她还要"打扫现场"，从"我们仨"的失散到最后相聚，杨绛先生独自一人又明澄勇敢、神清气定地走过近二十年。这是一个生命的奇迹，也是一个爱的奇迹。

——作家、中国作协主席　铁凝

Q I U

C H E N G

T O N G

朗读者

丘成桐

1969 年，香港中文大学的美籍教授萨拉夫向学校管理部门写信，申请让一名学生提前毕业。他称赞这名二十岁的大学生为“全才式的数学家”，称他拥有过人的天赋和精力，对所有数学分支都有很强的好奇心。事实证明，他的眼光没有错。这位学生就是丘成桐，的确是驰骋数学疆土的一位天才，如今是华人数学界的领袖人物、世界公认的最具影响力的数学家之一。

当年，在萨拉夫教授的推荐下，丘成桐被世界微分几何研究中心之一——加利福利亚大学伯克利分校破格录取，成为华裔数学大师陈省身的高足。仅仅用了两年，二十二岁的丘成桐就完成了博士论文，巧妙地解决了著名的“沃尔夫猜想”，这让他的导师陈省身都感到震惊。当时整个数学界都意识到，一个数学新星出现了。

1972 年，二十三岁的丘成桐担任纽约大学石溪分校的副教授；1976 年，他成为斯坦福大学的数学教授。但他最重要、最有影响力的工作，是破解了世界级的数学难题——“卡拉比猜想”。在这之后，他又解决了“正质量猜测”等一系列数学领域难题。他的突出贡献让他几乎斩获了数学界所有重要奖项，其中包括被人们称为“数学诺贝尔奖”的菲尔兹奖、七年才颁发一次的克拉福德奖等等。

数学是美妙的，然而也是枯燥的，能坚持在这个领域走下来的人实属凤毛麟角。可以说，丘成桐是一位数学的痴爱者，也是一位数学的苦行僧。在他看来，数学有着无与伦比的美，也是他这一生都要致谢的对象。

董 卿：数学大师辛格曾经说过一句话："丘成桐一个人就是哈佛的一个数学系。"

丘成桐：辛格是我的一个老朋友，也是大数学家，谢谢他这样子的称赞。我做数学不是为了拿奖，我对数学有很深厚的兴趣。

董 卿：您二十七岁时证明了"卡拉比猜想"，一举震动了整个数学界。

（屏幕播放"卡拉比猜想"视频资料：1954 年，意大利著名几何学家卡拉比在国际数学家大会上提出，在封闭的空间，有无可能存在没有物质分布的引力场。卡拉比认为是存在的，可是没有人能证实，包括卡拉比自己。这就是非常著名的数学难题——"卡拉比猜想"。后来，二十七岁的华裔数学家丘成桐通过卡拉比几何中曲率的概念，证明了"卡拉比猜想"。一个新的学科随之诞生，被称为"几何分析"。此后，卡拉比的后面永远地加上了丘成桐的姓氏。"卡拉比猜想"成了"卡拉比—丘定理"。）

1954 年卡拉比先生提出"卡拉比猜想"之后，二十几年的时间里没有任何人能够证明，包括他本人。

丘成桐：对，这是件很困难的事情，因为当时我们要构造空间的时候，没有任何例子表示它可能是对的。在数学上，讲什么东西不对就是找反例，所以我们就花了差不多三年工夫找反例。我以为我找到了反例。但是两个月以后，卡拉比先生写了一封信给我，他讲，可能我没有理解清楚你的想法，你可不可以给我解释一下。我当时一看就觉得有问题，就又花了两个礼

拜，基本上不睡觉，天天不停地想办法弥补出现漏洞的地方。可是每次在最微妙的地方就不行了。我只好回信给卡拉比说，我当时的做法是错的。经过这两个礼拜很痛苦的思考，我晓得我这三年来的想法都是错误的。所以最后我调过头来，去证明它是对的。

董　卿：那个过程艰苦吗？

丘成桐：我又花了三年工夫，从 1973 年一直到 1976 年，每天工作超过十二个小时，整天在算。我的老师陈先生（陈省身）跟我讲，怎样分辨一个数学家有没有能力？就是看他起床的第一件事是在想什么东西。（笑）当时我实际上一起来就想这个问题。

董　卿：当您证明了“卡拉比猜想”之后，您用了一句很浪漫的宋词来形容整个过程。

丘成桐：我讲“落花人独立，微雨燕双飞”。因为当时我差不多是一个人孤军在打仗。解题的时候只有你一个人进去，其他人进不来，我自己跟这个空间融合在一起了，就好像两只燕子飞在一起一样，我感觉很好。（掌声）

最困难的部分在 1976 年完成了。最后成功的时候我也不晓得是不是真的对了，还是要验证。我的第一件事就是给卡拉比写封信，因为他最关心这件事。当时我就跟他讲，我一定要你认为可以，我才敢发表。

董 卿：这项研究成果公布于世之后，世界各地数学界的反响是怎样的？

丘成桐：反应很强烈，从前不晓得的事，现在可以从“卡拉比猜想”推导出来，同时也真真正正开发了一个在几何学界做微分方程的新方向。直到今天，很多重要的几何问题都是通过微分方程来解决的。世界数学大会给我菲尔兹奖也就是这个缘故。（掌声）

董 卿：您在获得菲尔兹奖、克拉福德奖等大奖项的时候，有在获奖现场向谁表达感谢吗？

丘成桐：我对两个人是很感激的，一个是我父亲，一个是我妻子。我父亲是一位学者，他是做哲学的。我八九岁就开始学中国的诗词、历史，背古文，比如背《五柳先生传》《陋室铭》《论语》等，当时其实都不大理解，可是慢慢地念着古文，把它沉淀在脑子里，对学问的看法慢慢就发生了改变。

我为什么将“卡拉比猜想”看得很重要？因为我认为它是整个几何发展主要要解决的问题，非解决它不可，就好像大禹治水要将石头挪开才能够成功，所以我始终锲而不舍。我想这跟我当年受到父亲的教训有很大的关系。（掌声）

董　卿：（看屏幕）这是您的太太吗？

丘成桐：对。她是我的同学，是做物理的，她让我觉得心里很平静。我太太不喜欢我去出名，也不喜欢我去赚大钱。我们这个家庭做学问能够对人类有贡献，她就觉得很高兴了。所以我家是一个很朴素的家庭。

董　卿：后来您去了哈佛数学系当系主任，无论是您本人还是您的学生始终都是华尔街邀约的对象，但是您从来没有在意过这件事情。

丘成桐：我在哈佛三十多年了，我做系主任的时候，华尔街很多公司打电话来，他们讲，我们请你来我们华尔街公司里做事，我们给你的薪水可以是你现在的十倍。（全场惊叹）对很多人来讲，这是一个很难拒绝的引诱。可是我觉得这不是我的生活，我一辈子不是为了钱而向前走的。我有我的理想，大房子、漂亮汽车对我来讲都不重要。（掌声）

董　卿：在您心里什么是最重要的？

丘成桐：一个是我的学问，对数学能有贡献，使人类向前进是一个重要的事情；一个是我的家庭，我要对得起我的妻子、我的小孩；第三个是国家，虽然我现在不是中国的公民，我还是将中国看成我的国家，我希望中国能够有很大的进展，能够成为世界领先的国家。

董　卿：您会感谢数学吗？

丘成桐：对，因为我感觉我就是跟数学连在一起了，分不开了。（笑）数学没有止境的，解决“卡拉比猜想”是我当年的梦想，后来我发觉还有很多重要的事情要解决，所以做学问也是没有止境的。

董　卿：我们可以把有限的生命投入到无限的科学世界当中。

丘成桐：对。

董　卿：您今天想要为大家读些什么呢？

丘成桐：陶渊明写的《归去来辞》，谨以此篇献给我的父亲。这篇古文是我父亲教我的。我父亲一辈子都很清高，虽然他很穷苦，可是他很羡慕陶渊明的为人。

董　卿："不戚戚于贫贱，不汲汲于富贵"，心不为形役，我们才可能去找到科学的美。

归去来辞

〔东晋〕陶渊明

归去来兮，田园将芜胡不归？既自以心为形役，奚惆怅而独悲？悟已往之不谏，知来者之可追。实迷途其未远，觉今是而昨非。舟摇摇以轻飏，风飘飘而吹衣。问征夫以前路，恨晨光之熹微。乃瞻衡宇，载欣载奔。僮仆欢迎，稚子候门。三径就荒，松菊犹存。携幼入室，有酒盈樽。引壶觞以自酌，眄庭柯以怡颜。倚南窗以寄傲，审容膝之易安。园日涉以成趣，门虽设而常关。策扶老以流憩，时矫首而遐观。云无心以出岫，鸟倦飞而知还。景翳翳以将入，抚孤松而盘桓。

归去来兮，请息交以绝游。世与我而相遗，复驾言兮焉求！悦亲戚之情话，乐琴书以消忧。农人告余以春及，将有事于西畴。或命巾车，或棹孤舟。既窈窕以寻壑，亦崎岖而经丘。木欣欣以向荣，泉涓涓而始流。羡万物之得时，感吾生之行休。

已矣乎！寓形宇内复几时，曷不委心任去留。胡为遑遑欲何之？富贵非吾愿，帝乡不可期。怀良辰以孤往，或植杖而耘耔。登东皋以舒啸，临清流而赋诗。聊乘化以归尽，乐夫天命复奚疑！

回家去吧！田园快要荒芜了，为何不回去呢？既然自己的心灵为形体所役使，为什么如此惆怅而独自伤悲？领悟到过去的错误虽然无可挽回，但未来的事还来得及弥补。确实走入了迷途大概还不远，已觉悟到现在的做法是对的，而曾经的行为是错的。船在水上轻轻飘摇，微风吹拂着衣裳。向行人打听前面的路，遗憾的是天亮得太慢。刚刚看到自己简陋的家门，我心中欢欣，奔跑过去。家童们欢快地前来迎接，孩子们守候在门前。院子里的小路快要荒芜了，松树和菊花还长在那里。我带着孩子们进了屋，美酒已经盛满了酒樽。我端起酒壶酒杯自斟自饮，观赏着庭树使我露出愉快的神色。倚着南窗而寄托我的傲世之情，深知这狭小之地更容易使我安心。每天独自在园中散步也很有乐趣，小园的门经常关闭着。拄着拐杖走走歇歇，时时抬头望着远方的天空。无心无知的白云从山中飘出，飞倦了的小鸟也知道飞回它的老窝。日光昏暗，即将落山，我流连不忍离去，手抚着孤松徘徊不已。

回家去吧！让我同外界断绝交游。他们的一切都跟我的志趣不合，还要驾车出去追求什么？跟亲戚朋友谈心使我愉悦，弹琴读书能使我忘记忧愁。农夫把春天到了的消息告诉了我，将要去村西的田地耕作。有时驾着有帷幕的小车，有时划着一条小船，既要在幽深的河谷中乘船，又要在崎岖不平的山丘上经过。树木欣欣向荣，泉水缓缓流动，我羡慕万物恰逢繁荣滋长的季节，感叹自己一生行将走到尽头。

算了吧！身体寄托在天地间还能有多少时光？为什么不随着心意自然行事？为什么心神不定，还想要有什么追求？荣华富贵不是我所求，升入仙界也没有希望。爱惜那良辰美景而独自去欣赏，要不就扶杖锄草耕种。登上东边山坡我放声长啸，傍着清清的溪流把诗歌吟唱。姑且顺随生命的自然变化，了结一生。乐天知命，还有什么可疑虑的呢？

《归去来辞》是东晋大诗人陶渊明最重要的作品。宋代的文豪欧阳修曾经表示，整个晋代都没有什么好文章，只有陶渊明的《归去来辞》可以入得了他的法眼。陶渊明的一生都是在富贵与贫贱、做官与归隐之间矛盾、纠结、交战，最终的抉择是远离官场，归隐田园。这个优雅的转身，让中国的文人墨客谈论了一千多年。

——中国人民大学国学院教授　谷曙光

Z H E N G

Z H I

郑智

朗读者

2018年6月2日，对国家男子足球队队长郑智来说是一个特殊的日子。那一天，国足在客场挑战泰国国家队的比赛，正是他代表国家队出战的第一百场国际A级赛。胜利后，中国足球队专门发文祝贺郑智，并写道："从2002年12月7日到今天，这条达成'100'的征程足足走过了5656个日夜。"

郑智曾经历过一段很长的失意时期，当时他效命于辽宁创业队，由于产业纠纷，他几乎无球可踢。直到2001年转会至深圳平安队，他才走出阴霾，如鱼得水，一跃成为球队的绝对主力。2002年的甲A联赛中，郑智是球场上的助攻王，最终成为史上最年轻的中国足球先生。那一年，虽然国家队主教练人选未定，但国家队的集训通知如期而至，郑智入选了国家队。2004年，郑智攻入了他在国家队的首个进球，开始受到国际足坛的关注。

2006年，郑智赴海外踢球，成为为数不多的效力过欧洲顶级联赛的中国球员。不论在英超查尔顿队，还是在苏超凯尔特人队，他都有过出色发挥。2013年，郑智重返国家队。在很多人认为他已到达职业生涯尾声的时候，他达到了自己事业的巅峰。

郑智曾年少轻狂，充满争议。现在的他更加沉稳、坚毅，引领着球队前进。他已算是一位征战沙场的足球老将了，依然为荣誉而战，在球场上奋力奔跑。

（屏幕播放郑智的国家队第一百场比赛赛后采访视频片段，他说："这一百场经历了很长的时间，我感觉非常荣幸。感谢我自己的祖国，也要感谢球队和教练员给我这个一百场的机会，感谢我的队友在一起给我的支持，能够让我表现到今天，更要感谢我的父母、太太和孩子，能够在这么多年给我支持和陪伴，我爱他们。"）

董　卿：6 月 2 号国家队以二比零战胜泰国队的比赛成了你在国家队的第一百场比赛，赛后里皮特地赠送了一件印有"100"字样的球衣给你。今天郑智把这件球衣带到了我们的现场。

郑　智：是。（展示球衣）

董　卿：很珍贵！如果它可以作为一件特殊的礼物送给一个人的话，你会把它送给谁呢？

郑　智：我想我会把它送给我太太。她对我的陪伴、鼓励还有支持，给了我特别多的信心。

董　卿：她能看到你经历过的所有低谷。就在去年你还受了一次很严重的伤。

郑　智：我们联赛的其中一场比赛是跟重庆队踢。在开场大概二十分钟的时候，我脚腕扭伤了。我觉得可能经过两到三个星期的治疗就会好了。没有想到两三个星期之后，我只是能够走路了，一慢跑就会剧烈疼痛。又过了两三个星期，还是不行。所有人都不能保证这个伤什么时候会好。

董　卿：当时想过退役吗？

郑　智：头脑中闪现过这个念头。我没敢跟我太太说，但是她给了我很多安慰，她说，就算现在不能再踢了，你的足球生涯也获得了很多。不管你以后去做什么，我都会陪着你。最后，我大概花了六个月的时间才又回到了球场。怎么说呢，有一种重生的感觉。

董　卿：就是到现在，你依然把能够重新上场看得那么重要？

郑　智：因为作为球员，出场比赛是最基本的，这已经融入我的血液里了。我觉得能够在球场上踢球比任何事情都开心。（掌声）

董　卿：2007 年你开始在英超比赛，那段日子我觉得挺不容易的。一方面你要适应一个新的球队，另一方面，可能也没有太多的朋友在身边。

郑　智：对。我在国内的时候也算是球队的核心球员了，但是到了英国以后，基本上要从零开始了。

董　卿：会有很长时间要坐冷板凳吗？

郑　智：有三到四个月的时间吧。我还记得有那么几次，半夜突然醒了，浑身是汗，特别害怕。我感觉我到那里的时候身体很瘦弱，被大家撞着撞着撞着就变强壮了，到最后我就可以撞别人了。

真正的转变是第一场比赛之后。我们在客场踢曼联，我心里特别兴奋、激动。当时我大概踢了七十分钟，还是努力地让自己能够看起来冷静一点、老练一点。我觉得当时的发挥还算正常。虽然那场比赛我们输了，但是回到更衣室以后，教练给了我鼓励；再回到基地，我觉得每个人跟我打招呼的眼神都是亮的。（全场笑）我既然出去了，那么我就是代表中国的，我要去证明中国球员不比他们差，所以说能够得到这种认可，也算是很大的安慰。

董　卿：你很早就立下志向要成为职业球员，但是 1998 年的时候，有两年时间你居然就没有球踢了，直到遇见朱广沪教练。

郑　智：确实。朱指导是真正带我走上职业道路的人。我们可以转会的时候，朱指导第一个打电话给我，让我去深圳。他跟我说，我希望能够把你变成一个中国最好的球员。

董　卿：你是怎么说的？

郑　智：我说："好，朱指导，我一定努力。"我还说，我不只要变成中国最好的球员，我要变成亚洲最好的球员，我要去欧洲踢球。

董　卿：（笑）你当时说的后来都做到了。

郑　智：我觉得朱指导教给我的不仅仅是足球方面的技术，在我年少的那段时间也给了我很多人生观、世界观方面的启示：你要有不放弃的精神，要有坚强的意志。

董　卿：我们节目播出的时候，世界杯可能正如火如荼地进行着。你会看吗？

郑　智：看，我一定会看。从 2002 年之后，2006 年、2010 年、2014 年到今年的 2018 年世界杯，我都参与了世界杯预选赛，最后都没能进军世界杯决赛圈，对我的职业生涯而言肯定是一件特别遗憾的事情。

董　卿：其实作为俱乐部的球员，你带着自己的队伍九次问鼎中超冠军，但是你在国家队的这十六年，恰恰是俱乐部强而国家队弱的一个阶段。你会不会觉得时势难以造英雄？

郑　智：在里皮给我颁“100”球衣的时候，我也在想，在这十几年的时间里，我真的没有给国家队带来太多的成绩，我自己是有一些愧疚的，也还是有挺多不甘心的。虽然后面的机会不多了，但我还是希望能够看到国家队真正走向世界杯的那一天。

董　卿：里皮也说了，只要你的身体允许，他会一直把你留在国家队。你觉得你还能坚持多久？

郑　智：我还是要尽量坚持的，因为我在国家队待了十六年的时间，从我第一天入选国家队，看着那些国家队的老大哥，当时我的想法是，我想成为他们那样的人，我想把国家队的责任扛在肩上。

董　卿：现在的自己是不是当初进国家队时想成为的样子？

郑　智：从第一天入选国家队开始到我这一百场比赛，我都是全力以赴的，对于国家队的热爱，我是一如既往的。能够穿上带有国旗的衣服，为了祖国的荣誉去跟对手较量，这种机会不是每一个人都有的。对于我来说是一份至高无上的荣誉。

董　卿：这个“100”已经不仅仅是一个简单的数字了，它的背后是一名足球老将的青春和理想，是一种精神的传承和指引。十六年风风雨雨，你也把自己最美好的青春年华奉献在了绿茵场上。在这里我想我们也应该代表所有的中国球迷向你表示感谢,谢谢你！（掌声）那你今天想要为大家读些什么呢?

郑　智：惠特曼的《大路之歌》，谨以此篇献给那些热爱足球的球迷们。

大路之歌

[美] 沃尔特·惠特曼

1

我轻松愉快地走上大路，
我健康，我自由，整个世界展开在我的面前，
漫长的黄土道路可引到我想去的地方。

从此我不再希求幸福，我自己便是幸福；
从此我不再啜泣，不再踌躇，也不要求什么，
消除了家中的嗔怨，放下了书本，停止了苛酷的非难。
我强壮而满足地走在大路上。

地球，有了它就够了，
我不要求星星们更和我接近，
我知道它们所在的地位很适宜，
我知道它们能够满足属于它们的一切。
(但在这里，我仍然背负着我多年的心爱的包袱，
我背负着他们，男人和女人，我背负着他们到我所到的任何地方。
我发誓，要我离弃了他们那是不可能的，
他们满足了我的心，我也要使自己充满他们的心。)

2

你，我走着，并且四处观望着的路哟，我相信你不是这里的一切，
我相信在这里还有许多我没有法子看到的。

这里是一个兼收并蓄的深刻榜样：没有偏爱，也没有拒绝，
鬈头发的黑人、罪犯、残废者、目不识丁的人，都不被拒绝，
诞生、延请医生者的匆忙、乞丐的蹀躞、醉汉的摇摆、工匠的哗笑之群，
逃亡的青年、富人的马车、纨绔子弟、私奔的男女，
早起赶集的人、柩车、家具往镇上的搬运又从镇上搬运回来，
他们走过，我也走过，一切都走过，一切不会受到禁止，
这里一切都会接受，一切对我都是可爱的。

3

你，给我以说话的气息的空气哟！
你们，把我的意思从空泛模糊中召唤出来并给它们以形象的物体哟！
你，在均匀的阵雨中包被了我和万物的光辉哟！
你们，路旁崎岖山洞中荒废了的小道哟！
我相信你们蕴蓄着不可视见的生命，你们对于我是这样的可爱。
你们，城市里铺着石板的街道哟！你们，地边上的边石哟！
你们，渡船，你们，码头上的舢板和桅杆，你们，木材堆积着的

两岸，你们，远方的船舶哟！

你们，一排排的房子，你们，有着窗棂的前厦，你们，房顶哟！

你们，走廊和门口，你们，山墙和铁门哟！

你们，窗户，通过你们的透明的玻璃，就会看透一切，

你们，门和台阶和拱门哟！

你们，无尽的大路的灰色铺石，你们，踏平的十字路哟！

从一切接触过你们的人或物身上，我相信你们都吸收了一些什么作为你们自己的一部分，而现在又要暗中传播给我，

在你们冷漠无情的表面上，都有古往今来一切人的遗迹，他们的灵魂我看得清楚，而且对我是可爱的。

4

地球从左边和右边扩展开来，

生动的图画，各部分都放着最美的光辉，

音乐在需要着的地方演奏，在不需要的地方停止，

这大路上的快乐呼声，这大路上的快乐的新鲜的感情。

啊，我所走着的大路哟！你们对我说过“别离开我”么？

你不是说过“别冒险——假如你离开我，你便迷失”么？

你不是说过“我已经准备好了，我已锻炼得很好，我所说的必得做到，别离开我”么？

啊，大路哟，但我回答你，我不是怕离开你，乃是我爱着你，

你表达我的心意，比我自己表达得彻底，

对我说来，你比我的诗歌将更有意义，更有价值。

我想英雄的事业都在露天之中产生，一切自由的诗歌也是一样，
我想我可以站在这里，而且表演出奇迹，
我想凡是我在路上遇见的我都喜欢，无论谁看到了我，也将爱我，
我想我所看到的无论何人都必快乐。

5

从这时候起我使我自己自由而不受限制，
我走到我所愿去的地方，我完全而绝对地主持着我自己，
听着别人的话，深思着他们所说的，
踌躇、探索、接受、冥想，
温和地，但必须怀着不可抗拒的意志从束缚着我的桎梏下解放我自己。

我在广大的空间里呼吸，
东边和西边属于我自己，北边和南边也属于我自己。

我比我自己所想象的还要巨大，美好，
我从没想到我会有这么多的美好品质。

一切对于我都是美丽的，
我可以对男人和女人再三地说，你们对我这么好，我对你们也要如此，

一路上我要补养你们和我自己，
一路上我要把我自己散布在男人和女人中间，
在他们中间投入一种新的喜悦和力量，
谁反对了我不能使我苦恼，
谁容受了我，他或她便受到祝福，也将为我祝福。

6

现在，假使有一千个完美的男人出现，那也不足使我诧异，
现在，假使有一千个秀丽的女人出现，那也不足使我惊奇。

现在我看出了优秀人物的创造之神秘，
那就是在露天之中生长，并和大地一同食、息。

一桩伟大的个人行为在这里有施展的余地。
(这样的行为把握着全人类的心，
它发出的毅力和意志可以粉碎法律并嘲弄着一切的权威，和一切反对者的争论。)

这里是智慧的考验，
智慧不是最后在学校里受到考验，
智慧不能从有智慧的人传给没有智慧的人，
智慧是属于灵魂的，是不能证明的，它本身便是自己的证明，
应用于一切时期、一切事物、一切美德而无不足，
是一切事物之现实及不可灭的必然，是一切事物之精义，

浮在一切事物的现象之中的一种东西将它从灵魂里面导引出来。

现在我再考虑哲学和宗教，

它们在讲堂里可能证明不错，然而在广阔的云彩之下，在田野之间与流泉之旁，却一无是处。

这里是现实，

这里一个人被检验着，他看出自己究竟有些什么本领和修养。

过去、未来、威严、爱情，——假使它们对于你是空无的，那你对于他们便也是空无的。

只有一切东西的核心能够给人补养 ；

那替你和我撕去了一切东西的外皮的人在何处呢？

那替你和我拆穿阴谋，揭露蒙蔽的人在何处呢？

这便是一种附着力，那不是预先安排好的，那乃是一种巧合 ；

当你走过，为陌生的人所爱的时候，你知道那是什么？

你知道那些转动着的眼珠子说着些什么？

7

这里便是灵魂的流露，

灵魂的流露，通过树荫隐蔽的大门来自里面，并永久引起人们的疑问，

这些希望是为着什么，在黑暗中的思考是为着什么？

为什么当男人女人们接近我的时候，阳光会透入我的血液？

为什么当他们离开了我，我的快乐的旗帜即已偃息？

为什么我从那些树下走过的时候，总会给我以开阔而和谐的思想？

(我想它们不分冬夏挂在那些树上，当我走过，总有果实落了下来；)

我如此迅速地和陌生人心领神会的是什么？

当我和马夫并坐驰驱的时候，彼此心领神会的是什么？

当我从河岸走过且停息下来，和一个拉着大网的渔夫心领神会的是什么？

使我随意接受一个女人和男人的祝福的是什么？使他们随意接受我的祝福的又是什么？

8

灵魂的流露是快乐，这里便是快乐，

我想它正弥漫在空中，永远等待着，

现在它向我们流来了，我们正好接受它。

这里出现了一种流动而有附着性的东西，

这流动而有附着性的东西便是男人和女人的清鲜和甘甜，

(这不断从自身散发出来的清鲜和甘甜，不亚于每天从根里生出芽来的晨间的香草。)

向着这流动而有附着性的东西，有老年人和青年人的爱的血汗流去，

从它那里滴下超越一切美一切艺能的美妙，

向着它起伏着战栗地渴望着接触的苦痛。

9

走呀！无论你是谁都来和我同行吧！

和我同行，你们将永不会感到疲倦。

地球也永不会让你们疲倦，

地球当初是粗陋的、沉默的、不可知的，自然在当初也是粗陋和不可知的，

别退缩吧，继续前进，那里有深藏着的神圣的东西，

我敢向你发誓，那里有着神圣的东西比言语所能形容的还要美丽。

走呀！我们不要在此停留，

无论这里的储藏多么丰富，无论这里的住宅多么舒适，我们不能在此停留，

无论这里的口岸建筑得多么好，无论这里的水面多么平静，我们不要在此下锚，

无论我们周围的款待多么殷勤，我们也只做片刻的应酬。

10

走呀！那种引诱将是更大的，

我们将航过无边无际的大海，

我们将到风吹浪打的地方，到美国人的海船张起了帆飞速前进的地方。

走呀！带着力量、自由、大地、暴风雨、
健康、勇敢、快乐、自尊、好奇；
走呀！从一切的法规中走出来！
从你们的法规中，啊，你们这些盲目的和没有灵魂的神父哟！

腐臭的死尸阻塞在路上——应该赶快埋葬了。

走呀！但还得小心！
和我同行的人需要热血、肌肉、坚忍，
没有人可以做这试验，除非他或她勇敢和健全，
假使你已经耗损了你自己生命的精华，望你不必到这里来，
只有着健康和坚强的身体的人们才可以来，
这里不许有病人、纵酒者和花柳病传染者。

（我和我的同伴不用论证、比喻、诗歌来说服人，
我们用我们的存在来说服人。）

11

听呀！我将和你推诚相见，
我不给古老的光滑的奖品，只给你新的粗糙的奖品，
你必会遇到这样的日子：
你将不积蓄所谓财富一类的东西，
你将以慷慨的手分散你所获得和成就了的一切，

你刚达到你要去的那城市，还没有满足地安顿下来，你又被一种不可抗拒的叫唤，叫了开去，

你将被那些留在你后面的人讥笑和嘲弄，

你接受了爱情的招手以后，只能以别离时的热情的亲吻作为回答，

你将不让那些向你伸出了手的人紧握着你。

12

走呀！跟在伟大的同伴们之后，做他们的一员吧！

他们也在路上走着，——他们也是迅速而庄严的男人，——她们是最伟大的女人，

海的宁静和海的狂暴的欣赏者、

驾驶过许多航船的水手、走过了许多路程的旅行者、

许多远方国家的常往者、遥远的地方的常往者，

男人和女人的信托人、城市的观察者、孤独的劳动者，

望着草丛、花朵、海边上的贝壳徘徊而沉思的人，

结婚舞的舞蹈者、参加婚礼的贺客、孩子的温和的扶助者、孩子的养育者，

叛乱的兵士、守墓者、运柩夫，

四季不停的旅行者、年年不停的旅行者，他们所经过的日子，总是一年比一年新奇，

旅行者，有着自己的不同的阶段，就像和他们一起旅行的同伴，

旅行者，从潜伏的未被实现的婴孩时代迈步前进，

旅行者，快乐地走着，经过了青年、壮年和老年，

经过了丰富、无比和满足的妇人时代，

旅行者，经过了女人和男人的庄严的老年时代，
老年时代，和平、开朗，与宇宙同样广阔，
老年时代，对于可喜的行将来临的死亡解脱，感到达观、自由。

13

走呀！向着那无始无终的地方走去，

白天行走，夜里休息，要备尝艰苦，

将一切都融汇在你们所走过的旅程之中，融汇在你们所度过的白天和黑夜里，

更将它们融汇在将要开始的更崇高的途程中，

不要观看任何地方的任何东西，只看着你可以达到而且超越的东西，

不要想到任何时间，不管它多么久远，你只想到你可以达到而且越过的时间，

不要上下观望其他的道路，你只注意那伸展在你的面前等待着你的一条，无论多长，总是那伸展在你的面前等待着你的一条，

不要注意任何神或人的存在态度，只注意到你也同样可以达到的境界，

你所要占有的，只是你可以占有，可以不花劳力不付代价即可享受的一切，你食用全席，而不只是啖尝一脔，

你享受农人的最优良的农田和富人的别墅，享受着幸福的新婚者的纯洁的福祉，果园中的果实和花园中的花朵，

你从你经过的一切稠密的城市中取得所需，

以后无论你到什么地方，你都随身带着建筑和街道，

你从你遇见的人们的脑子里摄取他们的智慧，从他们的心中摄取

他们的爱情，

你把你爱的人带着和你一同上路，尽管事实上你把他们留下并未带走，

你知道宇宙自身也是一条大路，是许多大路，为旅行着的灵魂所安排的许多大路。

为着让灵魂前进，一切都让开道路，

一切宗教、一切具体的东西、艺术、政府，——一切过去和现在出现在这个地球上面，或任何地球上面的东西，在顺着宇宙的宏大的道路前进着的灵魂的队伍之前，都已退避到隐僻处和角落里去了。

男人和女人的灵魂顺着宇宙的大路前进，对于它，所有别的前进，只是一些必要的标帜和基础。

永远活着，永远前进，

一切庄严的、肃穆的、悲哀的、后退的、受了挫折的、疯狂的、骚乱的、怯弱的、不满足的、

绝望的、骄傲的、宽纵的、患有疾病的、人所欢迎的、人所拒绝的，

他们都在走，他们都在走哟！我知道他们在走，但我不知道他们要走向哪里？

但我知道他们是向着最美好的一切前进——向着一种伟大的目标前进。

无论你是谁，前进呀！男人或女人们都前进呀！

你不要躲在屋子里贪睡和虚耗光阴，虽然那屋子是你建筑的，或

为你建筑的。

从黑暗的禁锢之中出来！从幕幔的后面出来吧！
申说是无用的，我知道一切，且要将一切都揭开。

我已看穿了你也不比别人好，
从人们的欢笑、跳舞、飨宴、饮啜，
从衣服和装饰的里面，从洗洁了的、修整了的面容里，
可以看出一种暗藏的、默默的厌恶和失望。

丈夫、妻子和朋友之间，对各自内心的一切也彼此讳莫如深，
另外一个自我，每个人的副本，总在闪闪躲躲隐隐藏藏，
无形，无声，通过了城市里的街道，在客厅里殷勤而有礼，
在铁道上的火车里、在汽船上、在公共会场，
在男人和女人的家里、在餐桌上、在寝室中、在无论何处，
穿着盛装、面带笑容、相貌端正，在胸膛下面藏着死，在头骨里隐着灭亡，
在呢绒和手套下面，在缎带和纸花下面，
做得非常美好，绝不说到它自己，
说着别的一切事，但绝不说到自己。

14

走呀！通过了奋斗和战争！
已经认定了的目标不能再改换。

过去的奋斗成功了么？

是谁成功的？你自己呢？你的国家呢？自然呢？

你要知道——事物的要旨是这样的，从任何一项成功，都产生出某种东西，使更伟大的斗争成为必要。

我的号召乃是战争的号召，我培植了反叛的行为，

和我同行的人，必须武装齐备，

和我同行的人常常会饮食不足，遭受贫穷，遇到强敌，为伙伴背弃。

15

走呀！大路展开来在我们的面前了！

那是安全的，——我已经试验过——我自己的两足已经试验过——别再耽延吧！

让没有写过字的纸放在桌子上不要乱写，让没有看过的书放在架上不要乱翻！

让工具放在工厂里，让金钱没有到手吧！

让学校都开着，别管那些教师的叫喊！

让说教者在教堂中说教，让律师在法庭上争辩，让法官去解释法律。

伙伴哟！我给你我的手！

我给你比黄金还宝贵的我的爱，

我在说教和解释法律以前给你我自己！

你也给我你自己么？你也来和我同行么？

在我们的一生中，我们能忠实相依而不分离么？

（楚图南　译）

选自人民文学出版社《草叶集》

读惠特曼的诗，你会有一种被电击的感觉，你会情不自禁地问：这是诗吗？这是好诗吗？惠特曼的诗风，大胆、新奇、自由、狂放，天下为怀。他写美国的路易斯安那和加利福尼亚，也写欧洲的爱尔兰和法兰西，更写亚洲的波斯和印度。《大路之歌》朗诵再三，你会有一种冲动，为篮球作一首绝句，给足球写一首史诗。

——北京大学世界传记研究中心主任　赵白生

L A I

S H E N G

C H U A N

朗读者

赖声川

1983 年，赖声川在美国获得戏剧学博士学位。那时候的台湾，是一个真正的戏剧荒漠。戏剧市场一片荒芜，没有像样的剧场，也没有什么人看戏，连大学里都没有开设戏剧专业。那一年，赖声川回到台湾执教，成为台湾现代剧场最早的一批拓荒者。在他看来，那不是一个糟糕的时代，反而是一个戏剧拓荒、文艺复苏的黄金时代。

最早的尝试是组织学生集体即兴创作。赖声川根据学生真实的生活经验，和他们一起完成了第一部戏剧作品《我们都是这样长大的》。1984 年，十五个演员在非常简陋的剧场演出，连演两场，台下坐着二百多位观众，其中有杨德昌、侯孝贤、吴念真、金士杰等。人们讶异于他们表演的自然流畅，以及他们与以往戏剧截然不同的表演风格。同年 11 月，赖声川就和李国修、李立群一起，成立了在后来鼎鼎有名的表演工作坊。

1985 年，舞台剧《那一夜，我们说相声》上演，台湾相声因它起死回生；1986 年，他执导的《暗恋桃花源》首演，引起巨大轰动，直到三十多年后的今天，它依然是经典之作。这两部剧的真正意义并不在于票房，而在于让许多观众第一次走进剧场，领略到戏剧的魅力。2000 年，他完成了自己从事剧场工作二十多年来最具突破、最惊人的作品《如梦之梦》。该剧长达八小时，形式大胆创新，被称为“华人戏剧的重大里程碑”。赖声川所创造的崭新的剧场美学，以及深刻的人文情怀，使他成为当之无愧的“亚洲剧场之翘楚”。

董　卿：像您这样有很丰富人生阅历的人，如果说到感谢，您会想谢谁？或者想谢什么呢？

赖声川：其实想一想，真正要感谢的还是人生本身，甚至我们要感谢给我们制造困难的一些人，我们的人生因为他们而更坚强。

董　卿：您现在回过头想生命当中的挫折和打击，您首先会想到什么时候？

赖声川：十二岁到十四岁的时候，回想起来，稍微不坚强的人可能就倒下去了。

董　卿：发生了什么？

赖声川：我出生在美国，十二岁的时候，父亲调回到台北。我在美国算是个资优生，能跳级；到了台湾就变成一个最差的学生，然后就留级。我记得我数学应该是九分，一百分里的九分。（全场笑）国文是二十分左右，就是一张成绩单上全部是红字。

董　卿：有没有跟父母沟通过那样一种困境？

赖声川：有。大概一个月以后，我实在是受不了了，就跟父亲说，我不行了，我要转美国学校。他顿了一下，说："你要做中国人还是要做美国人？"这句话是不容回答的。接下来的挫折是更大的——父亲生病了，他得了癌症。有一天我记得在台北的医院里，母亲跟我说，父亲不会好了。我那时候十四岁，整个是一种……你说晴天霹雳也好，或者是完全没有办法想象的感觉，一个只有在小说或者电影里看到的事情，它要发生在我身上！我即将要没有父亲了。为什么？我觉得那时候

心中有一个大洞，那种感觉就是心痛、空、孤单，对未来感到茫然。

董　卿：您会感谢这段际遇带给您的什么？因为它毕竟是一个很重大的打击。

赖声川：父亲走了，它让我面对人生巨大的考验，然后它也把我的整个路线改变了。我后来初中、高中、大学都是在台湾完成的，我认同这块土地，我认同这个文化，我是一个中国的剧作家，我不是一个美国的剧作家。

董　卿：很多事仿佛冥冥之中自有安排。

赖声川：是，后来我念完大学，认识了我太太丁乃竺。我们申请到了加州大学伯克利分校，我念戏剧，她念教育，我们为了这个计划工作了两年去存钱。去了美国不到一个月就得到消息，我们存的那笔钱被朋友拿去投资公司，然后公司恶性倒闭，就是破产了，钱全部没有了。怎么办？我父亲有一个老同学在旧金山开餐厅，我们就打电话给他，他听完说：“礼拜五过来吧。”就一句话。我说，啊，过来，到餐厅去。

董　卿：打工？

赖声川：从来没有那么累过。我从五点半一直走动，走到十一点半，上厕所的机会都没有，一直在收东西，一直在帮忙铺新的桌布，等等。

董　卿：您有被客人或者老板训斥过吗？

赖声川：每天。我们那个地方消费很高，有的客人脾气很差的，他来花钱，就是要被服务的感觉。他就会说：“过来！你这怎么怎么……”“对不起。”“对不起什么？”然后就开始骂了、训了。我只能说：“对不起，我们错了。”

董　卿：您也能忍受吗？

赖声川：所以我说，人生中要感谢，你要感谢这些人，他对你那么坏，你要从他身上学会一些东西，好比说忍辱。来，我进到他的心里来看：他带着女朋友，他要在他女朋友面前卖弄一下他的权威。OK（好的）！我配合你，没有问题。

董　卿：您在那里面看了很多戏。

赖声川：哇，不只看了很多戏，也演了很多戏。我后来发现一个很妙的事情，就是客人喜欢跟跑堂的聊天。他们说，你是什么样的？你的背景是什么？我回答，我在伯克利念戏剧博士。这句话一出，沉默。很奇妙的！没有人会接话说戏剧好有意思，他就是突然会觉得很不自在，小费也不会给多的。后来人家问我，你的背景是什么？我说，我们家在唐人街开洗衣店。他说，这样子，那你们很辛苦啊。我说，还好，还好。最后小费都会给得很多。我觉得真正珍贵的是你会从中看到人性。

董 卿：学习了五年，也打工了五年，这五年过得太充实了。

赖声川：对。我算是以最快的速度——五年拿到博士学位，还生了女儿。这真的是我人生中非常怀念的一段日子。（掌声）

董 卿：在后来您的很多剧目当中，从《暗恋桃花源》到《宝岛一村》再到《水中之书》，里边都很细腻地刻画了一些奇特的缘分。

赖声川：太多了，我觉得人生太奇妙了。我第一次去印度是 1988 年，很早了。我们到了印度北部的一个山城叫比尔。那里没有水，没有电，连路都没有，那是从德里坐车十八个小时才能到的一个地方。我们住了一段时间之后，丁乃竺就说，我想洗个澡。过不久我们就看到一个老太太从山上顶了一大桶水下来，然后我太太就很不忍心，就用那桶水洗了澡，洗了头，洗了衣服，还不舍得倒掉，觉得水太珍贵了。后来我们问了一些当地的朋友，通水要多少钱，通电要多少钱，把路修好要多少钱。记得那个时候大概是三万美金可以完成这一切。1988 年我们回到台北，找了一些朋友说，我们筹点款，然后真的就把路铺了，水电也通了。第二次去，我们就有水也有电。2009 年，我女儿要结婚了，她和她的丈夫是在印度认识的，他们决定举行婚礼的那个小镇，就叫比尔。（掌声）然后我们去参加了婚礼，我们所喝的水，所用的电，所走的路，想不到都是我们当时弄的。（笑）

董 卿：那天，您和太太在参加她的婚礼的时候是什么感受？

赖声川：太奇妙了！差不多二十年的过程！我觉得这是一种很深刻的教育，就是说人活在世界上，还是一分、一秒、每件事情都要更珍惜。因为你当时做的所有事情其实都好像有人在记这笔账，环绕轮回的事会不断回到你身边来。所以我的结论就是，对人好一点吧。

董　卿：没有一个人是一座孤岛存在于这个世界的，我们总是和周边所有在发生关系。听说您今天要为大家朗读的就是《宝岛一村》当中的一个片段。

赖声川：一封信。我这女儿，就是后来在印度结婚的这位，她过二十岁生日的时候我很有感触，就写了一封信给她，谢谢她来到我们家，更谢谢人生，让我们几个相爱的人能够在一起。八年之后再编《宝岛一村》的时候，我突然想到这个情境，这封信就成为《宝岛一村》的最后一个句点。

董　卿：您今天要把朗读献给谁呢？

赖声川：我觉得《宝岛一村》真的是让下一代知道上一代有多么艰苦。我已经有孙辈了，所以我要读给我的外孙女赖曼玄，让她来代表所有的后辈。

宝岛一村（节选）

赖声川

第二部分

小　毛　我在这边要告诉大家一件事，我二姐夫一直提醒我叫我不要说，就是他现在在民进党文宣部服务……（大家起哄）二姐夫你不要紧张，我们这儿没有人会扁你。

大　车　那可不一定！

小　毛　大家都知道，现在朱妈妈已经不再做包子了，都是我从小长大的哥儿们大车和旁边的大车嫂在做，大车嫂上来给大家看一下。大车嫂的名字是越红，她家乡在越南胡志明市，她现在中文还讲得不太好。今年也是第一次来到台湾过年，跟我们爸妈当年一样，离乡背井。我们祝福她，希望她可以跟我们的爸爸、妈妈、叔叔、阿姨一样在这里得到很多温暖。

大车嫂　（重口音）大家好，我叫越红……

（大家鼓掌。大毛带她美国丈夫上。）

大　毛　大家好久不见！

小　毛　大姐！各位，我大姐大毛，她直接从机场赶过来了。

旁边的洋人是我的大姐夫。大姐，来来来，你先找个位置坐。

大　毛　（对丈夫）Hey you...My Mom, say Hi say Hi, OK...

小　毛　现在我们进行余兴节目！请大家以最热烈的掌声欢迎远从高

雄来，开 piano bar，但今天特别休息一天的大辣、小辣为大家带来一首歌曲……（大辣、小辣上台，唱 *Whatever Will Be,Will Be*。）

（灯光变化。老赵从远远的方向走过来。他在自己的屋子附近，四处看看，在屋外的藤椅上坐下。他还是老样子，但变得很安静。）

（小毛带着妻女走到三连栋外，介绍给他们听。女儿跑掉，小毛妻追去。）

（小毛往赵家方向走。他看到老赵坐在椅子上，不敢相信。老赵抬头。）

（过程中大车嫂上台唱越南歌，然后小黄上台唱台语歌。）

老　赵　小毛……

小　毛　爸……

老　赵　我听说眷村要拆了。有五十多年了吧？过来以后就在这边落地生根，然后就……唉，人生就是这么快……过去了。

小　毛　爸……

老　赵　你们都是我的孩子，都是在“宝岛一村”生的，知道吗？

小　毛　知道。

老　赵　这里就是家，明白吗？

小　毛　明白。

老　赵　这边拆了，以后住哪儿？

小　毛　政府另外找了一块地，盖新的。

老　赵　大楼啊？

小　毛　对，大楼。

老　赵　那我们住几楼？

小　毛　还不知道，还没抽。

老　赵　（笑）跟当年一样，领门号码牌。

小　毛　差不多。

老　赵　那以后我们这边呢？

小　毛　这边要变成马路。

（老赵笑）

老　赵　喔，我来是要跟你说一件事。去，柱子跟梁中间有个缝，你手一钩里面有封信，给我拿下来。

小　毛　信？

（小毛进屋，到老赵指的位置一钩，拿出信。）

爸，这信是……

老　赵　（站起）这是你刚满月的时候，爸写给你的一封信。本来要等你长大以后给你，但是我忘了。我文笔不好，当时写些什么呢？

（小毛看信。老赵回忆所写的。）

“台生：你来了，我们好高兴。前面有大姐丽文、二姐丽明，你是长子，台湾生的，给你起名字叫台生。来宝岛已经七年了。本来是暂时来避难的，没想到，我们就这么住了下来，不知不觉，也过了七年了！你来了，房子有点不够住。我会想办法加盖，弄大一点。等我们比较宽裕，也想给你妈盖个厕所，让大家比较方便。

（小毛微笑）

“哎，台生，人生的遭遇哪是人能估算的？我跟你妈，两个像陌生人一样，像小孩子在扮家家酒一样，就结婚了，然后像一场梦一样，我们漂洋过海，来到一个陌生的地方，共同组织家庭，现在一下有了你们三个。台生，我没读过什么书，我只能说，生命就像个奇迹一样，我是何等幸福，能够跟你们一起走这一趟。

“台生，你今天满月！愿你此生不像我们一样颠沛流离，愿你此生不知道什么叫战争，愿你此生一切平安。父　一九五六年十一月二十六日于宝岛一村”

（老赵慢慢离去）

小　毛　爸……

（灯光变化。小毛抬头，老赵已经走远了。）

（沉默。晚会的声音渐渐进入。赵嫂一人走过来。）

妈……别冷了……

（赵嫂手里拿着工具，把自己家门牌拆下。）

赵　嫂　（看着门牌）……宝岛一村九十九号。（对着空气）汉彬，我们要搬家了。到时候我担心你找不到回家的路。我就把这门牌拆下来了，到时候就会贴在新家门上，这样你就能找到回家的路。

（赵嫂拿着门牌，往回。小毛上前扶她。小毛女儿跑出来。）

赵　孙　奶奶……奶奶……

（小毛女儿抱住赵嫂。音乐结束。）

（晚会有人起哄要拍照。二毛让大家在小舞台集合，拍照。）

二　毛　各位叔叔阿姨，我们现在来拍照。

众　人　拍照，拍照！……

（大牛、大车搬板凳。众人调位子。）

二　毛　新年要快乐！来！一、二、三……

（二毛拍照，闪光灯闪。灯光渐暗。）

话剧《宝岛一村》源于台湾知名制作人王伟忠从小到大的眷村回忆。眷村是台湾特有的一种居住区域和族群文化。1949年后，国民党军眷大迁徙到台湾，在当地

的村子落地生根，最终形成了独特的文化氛围。《宝岛一村》这部戏就诉说了眷村四个家庭三代人的故事，通过三代人从离家、想家到认同眷村为家的历程，呈现出一个大时代的一角。

——编者

W U

M E N G

C H A O

朗读者

吴孟超

在很多人眼里，吴孟超就是神一般的存在。他被无数病人称为“当代神医”，他的名字总和“奇迹”相连。他是中国科学院院士、国家最高科学技术奖获得者，被誉为“中国肝胆外科之父”。他说：“我看重的不是创造奇迹，而是救治生命。”

在从医六十九年的生涯中，他创造了中国医学界乃至世界医学肝胆外科领域的无数个第一。他翻译了第一部中文版肝脏外科方面的专著——《肝脏外科入门》；他制作了中国第一具肝脏血管的铸型标本；他创造了间歇性肝门阻断切肝法和常温下无血切肝法；他完成了世界上第一例中肝叶切除手术；他切除了迄今为止世界上最大的肝海绵状血管瘤；还完成了世界上第一例在腹腔镜下直接摘除肝脏肿瘤的手术。这无数个第一，无不见证着中国肝胆外科从无到有、从有到精的卓绝探索。

有人说，肝脏方寸之间，吴孟超仿佛是一匹老马，驮着一个个病人过河。他对肝脏内部结构了然于心，施行了一万六千余例肝癌手术，早期肝癌病人的术后五年生存率达到百分之七十以上，无数病人因为他而摆脱了生命的绝境。现在，九十六岁高龄的吴孟超，仍然坚守在手术台上，保持着每周门诊、每年一百余台手术的惊人工作量。他说：“我的时间不多了，攻克肝癌还有许多事情要做，我必须争分夺秒。”

董　卿：刚才我握着吴老的手把他搀上台的时候，心里还是蛮多感触的。就是这双手把多少生命从鬼门关硬生生地给拉回来了。我们可以先看看吴老的手：右手关节已经明显地发生了变形。

吴孟超：因为长久地工作，拿着手术刀。

董　卿：在一台手术中，这个动作大概要保持多长时间？

吴孟超：一台手术最长的十个小时都有，现在一般三个小时。

董　卿：吴老这双手除了关节变形之外，还有一个特点是非常细腻。听说您爱护这双手胜过爱护您的脸。

吴孟超：这手比脸重要。脸老了无所谓，但是手上所有的感觉要保护好。我有时候开刀，眼睛往上看，手就在底下操作，利用手感做手术。你要了解肿瘤的位置和它的结构关系，否则你的手进去乱摸，把好的器官给拿掉了，那就不对了。

董　卿：这是真本事。我曾经听吴老身边的护士长说，他的手就像长了眼睛一样，满腹腔的都是血，吴老的手伸进去一摸，在这儿呢，这根血管一掐，血就止住了。是这样的吗？

吴孟超：是这样的。（掌声）最初我当了五六年医生，要提主治医生的时候，我就请教我的老师裘法祖①，我说："现在我应该固定在哪一科？"他说："我们还没有肝胆外科啊，你可以攻肝脏。"

① 裘法祖是中国肝胆外科和器官移植外科的主要创始人和奠基人之一，其手术以精准、干净见长，吴孟超深得"裘氏刀法"的真传。

董　卿：也因为中国是肝病大国。

吴孟超：是，而且肝病的死亡率很高。那个时候肝脏科没人敢开，所以我就攻肝脏，做标本研究，然后慢慢地做临床，以后就建立起了肝胆外科。

董　卿：我想对于您来讲，可能“谢谢”这两个字是您耳朵边上听的频率最高的两个字了，对吗?

吴孟超：对。

董　卿：我现在手上也有几封不同的人写给吴老的感谢信，在这里可以和大家分享，听听看他们都想对您说什么。

这是您的一位患者。她说：“尊敬的吴爷爷，我一辈子都忘不了是您给了我第二次生命，在那么多大医院都不接受我、切除不了我肿瘤的时候，是您不顾众人的反对，毅然主刀。2004 年 9 月 24 日，早上八点到晚上六点，做了整整十个小时的手术。后来，我选择了 9 月 24 日这个让我获得再生的日子，和我心爱的人携手走上了红毯。今天我可以拥有完整的人生，谢谢您！”（掌声）您还记得她吧？

吴孟超：就是武汉的那个甜甜。她在武汉的时候，人家说，你这个病啊，肝脏肿瘤蛮大的，只有做肝移植。换肝要很多钱，她没有办法，就跑到上海来，问我，还有什么好办法没有。我一看，可以切掉肿瘤，不要换。

董 卿：她当时那个病症是不是特别复杂？

吴孟超：肿瘤比个篮球还大，挺着肚子啊。

董 卿：给甜甜开刀那年您多大岁数？

吴孟超：2004 年，当时八十二岁了。（掌声）

董 卿：您已经八十二岁了，遇到这样一种非常复杂的手术的时候，您没有任何犹豫吗？

吴孟超：有一些年轻同事说，这么大瘤子，人家都不敢做，你做啊？万一出了事，你的名誉就没有了。我说，我的名誉算什么？（笑）我不过是一个吴孟超嘛，那算啥？救治病人是我的天职。（掌声）

董 卿：还有一封信，这位您肯定很熟悉。她说：“认识您三十多年了。在很多人看来您是个传奇，但只有我看到过手术后靠在椅子上的您，胸前的手术衣都湿透了，两只胳膊支在扶手上，掌心向上的双手在微微颤抖，叹口气说：‘力气越来越少了。如果哪一天，我真的在手术室里倒下了，你知道我是爱干净的，记住给我擦干净，不要让别人看见我一脸汗的样子。’”

吴孟超：这是我的同事，是护士长。她一直配合我。

董 卿：当时怎么会说这个话啊？

吴孟超：那一天做完手术了，很累的，我在休息室，她来照顾我，我们就聊天。我也想到，人总有生命终点的，不可能活一千岁，是吧？到时候不行了就走了。你不要去计划，也不要去考虑，这是自然现象，但是我总觉得，每天在工作当中度过，不浪费时间。

董　卿：您现在每天自己有时间表吗？

吴孟超：我一般是七点吃早饭，吃完了上班，就到病房去查房，或去看门诊。

董　卿：您现在每个星期还要做手术吗？

吴孟超：每个星期要做手术，起码三台。（笑）而且都是比较复杂的。我为什么还要坚持做手术呢？一个，我觉得我自己身体还可以。第二个，我带年轻人，教年轻人。（掌声）

董　卿：最后还有一封信说："吴老师，我想，我们可能是见过您笑容最少的那些人，直到今天我自己当了老师，走进病房，依然偶尔还是会想起当初自己挨训时候的样子。但是我也很感激，正是那些年心有余悸，才让我在此后的工作中心有戒尺，走得顺利。您的学生，沈锋。"

吴孟超：现在沈锋是我的接班人，也是一个专家教授。

董　卿：您当时训学生训得这么狠哪？

吴孟超：我对学生，越喜欢的，越训得厉害。希望他能够做好，不要出事。

董　卿：您会怎么样去考核他们的业务？

吴孟超：我们一天到晚都在一起工作。假如说他们要避开我做一个什么坏事，那我马上就知道。

董　卿：避开您做，您怎么会知道呢？

吴孟超：（笑）我底下有群众嘛。

董　卿：都是我的人！（全场笑）这不是一句玩笑话，现在我们肝胆外科的这些中坚力量，最优质的医生、教授，百分之八十是吴老的学生，或者是学生的学生。（掌声）

吴老其实是马来西亚归国华侨。在中学时代，中国爆发了抗日战争。吴老当时就做了一个决定，要回中国，要上前线。所以十八岁的吴老在那一年就告别了自己的父母，那一别就再也没有能见上。

吴孟超：我父亲患有胆囊结石、胆管结石，后来因为黄疸去世了。哎呀，我自己是学这一行的，不能给我父亲医救，让我很痛心。九十年代批准我回去了一次，那次我到坟上去看他们，就在妈妈的坟前哭了。我说，妈妈爸爸，我已经为国家做了一点事情，现在工作还是很好。就这样想，我对得起爸妈。

董　卿：您的双手拯救了无数生命。吴老自己的这份遗憾，却成全了更多的父母和儿女之间的一份圆满。“学不贯今古，识不通天人，才不近仙，心不近佛者，宁耕田织布，取衣食耳，断不可作医以误世。”我觉得这句话仿佛是吴孟超老人六十九年从医的最好的写照。悬壶济世，德才兼备，因为这我们要向他表达最衷心的感谢！（掌声）

当我们在说“谢谢”的时候，我们是幸运的，那说明我们得到了帮助。而当我们在听到“谢谢”的时候，我们是幸福的，那说明我们已经有能力去帮助别人。就让我们怀着感恩的心在得到和给予之间，去构建起最美好的人与人的关系。

接下来我还要请出三封感谢信的写信人，他们要和吴老一起来完成朗读。我想在他们所朗读的片段当中，也包含着彼此之间最深切的一份感谢。

导演手记

吴孟超：
那里除了生死，都是小事

导演　荣毅

1

当代社会人们常常会谈起压力，谈起焦虑，谈及一些生活里过不去的坎儿，于是就有了这样的话："当你觉得自己难的时候，不如去医院看看。因为那里除了生死，都是小事。"而吴老所在的医院，可以说就是离这些"生死大事"最近的地方。

作为一所中国顶级肝胆专科医院，每天这里要接诊来自全国各地在绝望和希望中孤注一掷的病患及家属。他们此行的最大目的，往往是前来投奔一位姓吴的老人。

在医院最深处的手术区，我终于见到了他，一位刚刚下了手术台的九十六岁的主刀。

"一位九十多岁高龄的人，每天都在忙什么？"在参与《朗读者》的两年里，这个问题的答案一直被刷新着：在通宵达旦地翻译巨著；在攻坚克难的工程一线；在笃信站立的三尺讲台……我不能说吴老所坚守的这张手术台和它们相比谁赢谁输，但它确实带给了我最大的震撼。

2

“To cure sometimes, to relieve often, to comfort always.”

这是一个多世纪前，医生特鲁多墓碑上的碑文——有时是治愈，常常是帮助，却总是抚慰。如今所有医学院的学生都不会陌生的这句话，也是我对吴老的第一印象。

在距离手术室最近的休息区，我们开始了第一次聊天。原本已经做好准备，听他讲讲那些“封神之刀”的故事，但他娓娓道来的，却常是一些人生感悟。他所欣喜的，也是那些挨过至痛后归于平实的生命。他们如何儿孙满堂，他们如何耕种收获……

后来他的身边人说，老人家几十年上万台的手术，他几乎能一一记得每个人的故事。是因为他坐诊几十年雷打不动的门诊，常常一个病患就是长达一两个小时的对话：他们从哪里来，有着怎样的家庭，有着疾病外怎样的困难与苦楚、幸福与牵挂，老爷子都会一一挂怀。“那是一种彻底的信任与托付，没有经历过的人不能全然懂。”——被他救下性命的人，不约而同说出类似的话。

3

“孩子们，请记住，你们每一天所遇见的不仅是人的‘病’，也是病的‘人’，是人的眼泪、人的微笑、人的故事，孩子们，这是怎样的权利！”——这是老爷子最后选定的读本里的一句话。在录制当天的休息室里，他读到这句停下来，若有所思，转过头来说：“其实有时候人在生病的时候才更像个真正活着的人。”考虑自己活着是为了什么，真正停下来思考生命、生活的意义。

这一期的主题是“谢谢”，访谈的过程中，掌声和泪水交织。很多第一次听到老人家故事的年轻朋友，用拍红了的手去擦哭红了的眼。他们当中的大多数人是幸运的，年轻健康的体魄让生死悲欢听来更似是远方的震撼而非眼前的命题。

台上的老人，九十六岁，军装笔挺，军礼苍劲。早已没人比他更能参得透生死，他却像个百岁的少年，仍对每一个来日寄予厚望。

反观你我，恍然或许生死之外才是大事。

念你们的名字

——寄阳明医学院大一新生

张晓风

孩子们，这是八月初的一个早晨，美国南部的阳光舒迟而透明，流溢着一种让久经忧患的人鼻酸的、古老而宁静的幸福。助教把期待已久的发榜名单寄来给我，一百二十个动人的名字，我逐一地念着，忍不住覆手在你们的名字上，为你们祈祷。

在你们未来漫长的七年医学教育中，我只教授你们八个学分的国文，但是，我渴望能教你们如何做一个人——以及如何做一个中国人。

我愿意再说一次，我爱你们的名字，名字是天下父母满怀热望的刻痕，在万千中国文字中，他们所找到的是一两个最美丽、最淳厚的字眼——世间每一个名字都是一篇简短质朴的祈祷！

“林逸文”“唐高骏”“周建圣”“陈震寰”，你们的父母多么期望你们是一个出类拔萃的孩子。“黄自强”“林进德”“蔡笃义”，多少伟大的企盼在你们身上。“张鸿仁”“黄仁辉”“高泽仁”“陈宗仁”“叶宏仁”“洪仁政”，说明了儒家传统对仁德的向往。“邵国宁”“王为邦”“李建忠”“陈泽浩”“江建中”，显然你们的父母曾把你们奉献给苦难的中国。“陈怡苍”“蔡宗哲”“王世尧”“吴景农”“陆恺”，含蕴着一个古老圆融的理想。我常惊讶，为什么世人不能虔诚地细味另一个人的名字？为什么我们不懂得恭敬地省察自己的名字？每一个名字，不论雅俗，都自有它的哲学和爱心。如果我们能用细腻的领悟力去叫别人的名字，我们便能学会更多的互敬互爱，这世界也可以因此而更美好。

这些日子以来，也许你们的名字已成为乡梓邻里间一个幸运的符号，许多名望和财富的预期已模模糊糊和你们的名字联在一起，许多人用钦慕的眼光望着你们，一方无形的匾已悬在你们的眉际。有一天，“医生”会成为你们的第二个名字，但是，孩子们，什么是医生呢？一件比常人更白的衣服？一笔比平民更饱涨的月入？一个响亮荣耀的名字？孩子们，在你们不必讳言的快乐里，抬眼望望你们未来的路吧！

什么是医生呢？孩子们，当一个生命在温湿柔韧的子宫中悄然成形时，你，是第一个宣布这神圣事实的人。当那蛮横的小东西在尝试转动时，你是第一个窥得他在另一个世界的心跳的人。当他陡然冲入这世界，是你的双掌接住那华丽的初啼。是你，用许多防疫针把成为正常的权利给了婴孩。是你，辛苦地拉动一个初生儿的船纤，让他开始自己的初航。当小孩半夜发烧的时候，你是那些母亲理直气壮打电话的对象。一个外科医生常像周公旦一样，是一个在简单的午餐中三次放下食物走入急救室的人。有时候，也许你只需为病人擦一点红汞水，开几颗阿斯匹林，但也有时候，你必须为病人切开肌肤，拉开肋骨，拨开肺叶，将手术刀伸入一颗深藏在胸腔中的鲜红心脏。你甚至有的时候必须忍受眼看血癌吞噬一个稚嫩无辜的孩童而束手无策的裂心之痛！一个出名的学者来见你的时候，可能只是一个脾气暴烈的牙痛病人；一个成功的企业家来见你的时候，可能只是一个气结的哮喘病人；一个伟大的政治家来见你的时候，也许什么都不是，他只剩下一口气，拖着一个中风后的瘫痪的身体；挂号室里美丽的女明星，或者只是一个长期失眠、神经衰弱、有自杀倾向的患者——你陪同病人经过生命中最黯淡的时刻，你倾听垂死者最后的一声呼吸，探查他最后的一次心跳。你开列出生证明书，你在死亡证明书上签字，你的脸写在婴儿初闪的瞳仁中，也写在垂死者最后的凝望里。你陪同人类走过生、老、病、死，扮演的是一个怎样的角色啊！一个真正的医生怎能不是一个圣者？

事实上，作为一个医者的过程正是一个苦行僧的过程，你需要学多少东西才能免于自己的无知，你要保持怎样的荣誉心才能免于自己的无行，你要几度犹豫才能狠下心拿起解剖刀切开第一具尸体，你要怎样自省才能在千万个病人之后免于职业性的冷静和无情。在成为一个医治者之前，第一个需要被医治的，应该是我们自己。在一切的给予之前，让我们先成为一个“拥有”的人。

孩子们，我愿意把那则古老的“神农氏尝百草”的神话再说一遍，《淮南子》上说：“古者民茹草饮水，采树木之实，食蠃蛖之肉，时多疾病毒伤之害，于是神农乃始教民播种五谷，相土地，宜燥湿肥硗高下，尝百草之滋味，水泉之甘苦，令民知所辟就，当此之时，一日而遇七十毒。”

神话是无稽的，但令人动容的是一个行医者的投入精神，以及那种人饥己饥、人溺己溺、人病己病的同情。身为一个现代的医生当然不必一天中毒七十余次，但贴近别人的痛苦，体谅别人的忧伤，以一个单纯的“人”的身份，恻然地探看另一个身罹疾病的“人”，仍是可贵的。

记得那个“悬壶济世”的故事吗？“市中有老翁卖药，悬一壶于肆头，及市罢，辄跳入壶中，市人莫之见。”——那老人的药事实上应该解释成他自己。孩子们，这世界上不缺乏专家，不缺乏权威，缺乏的是一个“人”，一个肯把自己给出去的人。当你们帮助别人时，请记得医药是有时而穷的，唯有不竭的爱能照亮一个受苦的灵魂。古老的医术中不可缺的是“探脉”，我深信那样简单的动作里蕴藏着一些神秘的象征意义，你们能否想象用一个医生敏感的指尖去探触另一个人脉搏的神圣画面。

因此，孩子们，让我们怵然自惕，让我们清醒地推开别人加给我们的金冠，而选择长程的劳瘁。诚如耶稣基督所说：“非以役人，乃役于人。”真正伟人的双手并不浸在甜美的花汁中，它们常忙于处理一片恶臭的脓血。真正伟人的双目并不凝望最翠拔的高峰，它们常低俯下来察看一个卑微的贫民的病容。孩子们，让别人去享受“人上人”的荣耀，我只祈求你们善尽“人中人”的天职。

我曾认识一个年轻人，多年后我在纽约遇见他，他开过计程车，做过跑堂，试过各式各样的生存手段——他仍在认真地念社会学，而且还在办杂志。一别数年，恍如隔世，但最安慰的是当我们一起走过曼哈顿的市声，他无愧地说：“我还抱持着我当年那一点对人的开怀，对人的好奇，对人的执着。”其实，不管我们研究什么，可贵的仍是那一点点对人的诚意。我们可以用赞叹的手臂拥抱一千条银河，但当那灿烂的光流贴近我们的前胸，其中最动人的音乐仍是一分钟七十二响的雄浑坚实如祭鼓的人类的心跳！孩子们，尽管人类制造了许多邪恶，人体还是天真的、可尊敬的、奥秘的神迹。生命是壮丽的、强悍的，一个医生不是生命的创造者——他只是协助生命神迹保持其本然秩序的人。孩子们，请记住，你们每一天所遇见的不仅是人的“病”，也是病的“人”，是人的眼泪、人的微笑、人的故事，孩子们，这是怎样的权利！

长窗外是软碧的草茵，孩子们，你们的名字浮在我心中，我浮在四壁书香里，书浮在暗红色的古老图书馆里，图书馆浮在无际的紫色花浪间，这是一个美丽的校园。客中的岁月看尽异国的异景，我所缅怀的仍是台北三月的杜鹃。孩子们，我们不曾有一个古老幽美的校园，我们的校园等待你们的足迹使之成为美丽。

孩子们，求全能者以广大的天心包覆你们，让你们懂得用爱心去托住别人。求造物主给你们内在的丰富，让你们懂得如何去分给别人。某些医生永远只能收到医疗费，我愿你们收到的更多——我愿你们收到别人的感念。

念你们的名字，在乡心隐动的清晨。我知道有一天将有别人念你们的名字，在一片黄沙飞扬的乡村小路上，或是曲折迂回的荒山野岭间，将有人以祈祷的嘴唇，默念你们的名字。

（本文由患者甜甜、海军军医大学附属东方肝胆外科医院教授沈锋、手术室护士长程月娥与吴孟超共同朗读。）

晓风的智能是一种洞悉与悲悯的智能。她的爱是一种执着与坚毅的爱，她的同情是一种无私与绵远的同情，她的力量，是一种收敛自如的光芒。

——台湾作家　席慕蓉

痛

P a i n

痛苦对于我们来说，究竟意味着什么？司马迁在《报任安书》中一语道破："文王拘而演《周易》；仲尼厄而作《春秋》；屈原放逐，乃赋《离骚》；左丘失明，厥有《国语》。"中国古代文人有多少沉郁顿挫的痛，就有多少达观不屈的逆境重生。

1849 年，俄国作家陀思妥耶夫斯基因为参加反对沙皇的革命活动而被捕，险遭枪决，最终他是戴着手铐脚镣，离开彼得堡，开始了漫长的流放生涯。但是，痛苦的牢狱生活并没有击垮他，却把他推上了文学创作的巅峰。他曾经说过一句耐人寻味的话："我怕我配不上自己所受的苦难。"我想这句话的含义是，即便在最恶劣的境遇，我们仍然有着不可被剥夺的精神的自由，可以选择以有尊严的方式面对痛苦。而这种选择本身，就彰显着人性的高贵。

痛苦，是人生的一部分，它考验着我们每一个人的品格和智慧。只有经受住考验的人，才能享受到由痛苦转换而成的财富。

痛

P a i n

走进
朗读亭

Reading Pavilion

妈妈一个人把我从小带到大，非常不容易。我把冰心老师的《写给母亲的诗》送给她。

明年我就要参加海外援建了，不知道什么时候才能回国。希望我不在国内的时候，妈妈舍得给自己花钱，照顾好自己。

母亲，倘若你梦中看见一只很小的白船儿，/不要惊讶他无端入梦。/这是你至爱的女儿含着泪叠的，/万水千山，求他载着她的爱和悲哀归去。

朗读者　宋浩然（工程师）

一篇《雷锋日记》献给帮助我康复的战友。

我曾在执行任务时发生车祸，陷入植物人状态。后来，我逐渐恢复，开始进行康复训练，练习坐，练习站，练习爬。十年的康复训练，让我重新融入社会。

当你和群众交上了知心朋友，受到群众的拥护，这样会给你带来无穷的力量，再大的困难也能克服。无论在什么艰苦的环境中，都会使你感到温暖和幸福。

朗读者　崔奕（原 81356 部队“学雷锋”标兵）

我是一名退休教师，我们的老胡同住着的年轻人是越来越少，老年人特别多，他们很多时候都感到很孤独、很寂寞。

2014年，我和社区的老姐妹就成立了“暖心帮帮团”。我们想凭借我们低龄老人的力量，来帮助我们社区的高龄空巢老人。渐渐地，我们跟老人就已经成为亲人了。

我今天想把艾青《太阳的话》读给我们“暖心帮帮团”的团员们。

我带着金黄的花束，／我带着林间的香气，／我带着亮光和温暖，／我带着满身的露水……让你们的心像小小的木板房，／打开它们的关闭了很久的窗子，／让我把花束，把香气，把亮光，／温暖和露水撒满你们心的空间。

朗读者　葛继娣（“暖心帮帮团”团长）

（本期节目于2018年7月21日播出）

Readers

N I N G

H A O

宁浩

朗读者

在正式成为一名导演之前，宁浩走过很多曲折的路。二十岁那年，他独自跑到北京闯荡，做过街头画师、自行车装配工、音乐人、广告设计师、平面摄影师等。他花了很长时间想未来的路该怎么走，直到大学毕业作品《星期四，星期三》获得北京大学生电影节最佳导演奖，他才意识到，他想做一名导演，他可以做一名导演。

2003年，宁浩出资三万元拍了《香火》，剧组一共七个人，他自己担任编剧、导演和摄影。这部影片后来获得东京银座电影节大奖，被他称为“敲门砖”。在这之后，他又拍摄了《绿草地》，这部过渡时期的作品吸引了刘德华的注意。他被加入“亚洲新星导”计划中，该计划由刘德华投资，旨在扶植年轻导演。七个被选中的导演里，宁浩是唯一的内地人选。

在有力的资金支持下，宁浩终于拍出构思已久的《疯狂的石头》。影片一炮而红，投资仅三百万，却挣得了两千多万票房，创造了中国低成本电影的商业奇迹，宁浩也因此被称为“国产黑色幽默类型片的开山人物”。2009年，《疯狂的赛车》票房过亿，宁浩成为继张艺谋、冯小刚、陈凯歌之后第四位进入亿元导演俱乐部的内地导演。2014年，《心花怒放》票房突破十亿。

有人这样评论他：“他混过音乐圈、艺术圈和电影圈，横跨独立和商业两道门。即便这样，好像也没听说过他有什么绯闻，更没什么负面评价。你看，他的人生充满了随意和潦草，就像他电影里的主人公一样，经历离奇但随遇而安。”

董　卿：你是什么时候想成为一名电影导演的呢？

宁　浩：一直都没有想过要做导演。阴差阳错的是，北京师范大学成人大学招收了我，学习影视节目制作。我记得到快毕业的时候，有一些歌手朋友就问我说，你会拍 MV（音乐短片）吗？我说我会啊。然后，头天晚上跑到公主坟那儿租了台机器，回来就研究这个机器怎么用。

董　卿：你连设备都不会用，你跟人说你会拍？（笑）

宁　浩：对，我觉得不难吧，没吃过猪肉，还看过猪跑。（全场笑）当时就是拉着我们班很多同学，拍完以后，挺多人开始找我了。

董　卿：为什么呀？你拍得这么好啊？

宁　浩：也不是，便宜，最主要是便宜。别人都十万，我们就八万，别人要是八万，我们就六万。（笑）我没什么可选择的吧，如果我想做，当然要比别人便宜一些，要比别人努力一些。当时我的注意力完全不在收益上，就是你只要让我做，就可以。

董　卿：因为做的过程你觉得很愉快。

宁　浩：对。我是什么时候开始想做电影导演的？应该是毕业以后。那时候我拍了一个学生作业叫《星期四，星期三》，拿到了一个大学生电影节的奖项，给了我挺大的一个肯定。我才慢慢开始觉得我是一个可以做导演的人。

董　卿：《疯狂的石头》《疯狂的赛车》已经让你跻身中国内地亿元导

演俱乐部行列。但其实在此之前，你是不是也拍过一些完全不挣钱的电影？

宁　浩：对。《绿草地》是一部我在所有回忆当中记得最清楚的片子。《绿草地》还有三天要开机的时候，突然得到消息，资方可能要撤资了，搞得我措手不及，赶紧回来跟大家开会，研究怎么办。最后我们就定下来说，我们还是得拍。我和我另外一个伙伴蓝瑞龙就凑了二十万。从那儿开始……

董　卿：一个痛苦的经历就开始了。

宁　浩：对。当时在中蒙边境上，手机信号什么的都没有，彻底实现了沟通就是靠喊。我们买了一台卫星电话，但是需要支天线，所以我们经常会在草原上找很长很长的木头杆子，得有十五六米，并且在顶上绑上天线，然后有一群人举着那杆子到处找信号。那真是移动电话，得移动着打。（全场笑）

董 卿：什么季节在草原拍戏呢？

宁 浩：夏天。草原上蚊子太多了，多到你感觉一出蒙古包，就被蚊子推回来了。（笑）我车里的那个灯经常得卸下来倒一倒，就像倒烟灰缸似的，里面钻满了蚊子。反正当时那种条件吧，你慢慢也就习惯了。

董 卿：慢慢习惯了有各种各样的倒霉事发生，是吗？

宁 浩：对。我们想住在离取景地很近的地方，这样能节省在路上的时间，就跟制片说："你去买几个蒙古包吧。"晚上我收工回来一看，他支了四个，我说，怎么是四个灯笼？因为他没有钱，买不起羊毡蒙古包，就买最薄的帆布蒙古包。我说，这样，演员都回去，我们制作人员都住这儿，大家都年轻。但是晚上特别冷，摄影师杜杰就说，咱们可以跟牧民学习烧牛粪。我们把牛粪放到铁皮桶里头，浇上油，点着。他就把它挂在了帐篷的顶上。半夜一睁眼一看，那上头呼呼冒火。

董 卿：着了？

宁 浩：蒙古包着火，里头放了好多设备，地下还躺着人。我一起来就把杜杰踹起来了。我说："杜杰，着火啦！"杜杰也愣，两手上去就抱那个铁桶。一抱，秃噜一层皮。第二天早上，等不来演员了。我们就开车到山顶上打电话问，驻地人员说他们早就走了。我们想肯定出事了，就开车往回走，看到演员的汽车栽到了沟里。很多人受伤、骨折，那时候就有很多工作人员提出来，导演，真的不行，这个条件没法儿干了。就又走了一批人。

董 卿：翻车那天是你的生日吗？

宁 浩：对，二十七岁。我自己坐在墙边上想，还能更糟糕吗？但是

就没想到，才刚刚开始。（笑）

董　卿：才是刚刚开始？天天都在翻车吗？

宁　浩：翻了三辆，就是这么寸。就是那种第一个车翻完，第二个车又接着，开着开着就自己翻到旁边沟里去了。

董　卿：那你们当初凑的二十万够吗？

宁　浩：不够啊，大家又凑了一点钱，总共的开销大概是四十万吧。

董　卿：这钱怎么回来呢？

宁　浩：就没回来啊。（笑）那个时候没有票房这一说，也没有发行这一说。你在干的时候，你只知道是在拍一个电影，你不知道这个电影能去哪里。

董　卿：有绝望的时候吗？

宁　浩：你觉得绝望吗？我们的录音叫大伟，每天搬把椅子往那儿一坐说，我看今天还能出什么事。（笑）就是天天都有节目。

董　卿：最后杀青的时候是什么样子的？

宁　浩：我记得是下午四点钟在乌珠穆沁小学杀青的。我说，我们杀青了！我原以为说完这话大家会鼓掌，结果所有人都很沉默。我就记得杜杰在往回开车的时候，太阳快下山了，他坐在我边上说："我觉得有点不太真实。"我说为什么？他说："我总觉得这个片子拍不完了。"（笑）我就跟他聊，我说，就没有拍不完的电影。

董　卿：没有《绿草地》，也就没有后来的《疯狂的石头》，对吗？它让你遇到更好的机会。

宁　浩：对，这是最重要的一个部分吧。我觉得做导演最重要的素质是什么？就是死皮赖脸别趴下，是吧？不管怎么样，你都得撑住了，你的抗打击能力得够。自信都是从摔倒了再爬起来的过程中建立的。

董　卿：所以你今天要为大家读些什么呢？

宁　浩：《生活的邀请函》，谨以此篇献给我生命中过往的朋友们。

董　卿：生活会给每个人都发一份邀请函，就看最后你以怎样的姿态去面对它了。

生活的邀请函

[加拿大] 奥里亚

我不关心你怎样谋生，
只想知道你有何渴望，
是否敢追逐内心梦想。

我不关心你多大年纪，
只想知道你是否不怕自己看起来像个傻子，
去追求爱情、梦想和活着就该有的冒险。

我不关心是什么牵引着你的情绪，
只想知道你是否触碰了自己悲伤的内核，
是否因遭遇生活的种种背叛反而敞开心胸，
还是因害怕遭受更大的痛苦而封闭消沉。

我想知道你是否能面对痛苦——
我的或你自己的痛苦，
而不必躲避、隐藏、伪装或修饰。

我想知道你是否能享受快乐——
我的或你自己的快乐。

你是否能狂野舞蹈，
让你的指尖到足尖都被狂喜充满，
而不会告诫我们要谨小慎微，要务实，
要记住作为人类的种种束缚。

我不关心你讲述的故事是否真实，
只想知道你是否能为忠于自我而不怕令别人失望。
你是否能承受背叛的指责而不出卖自己的灵魂，
你是否敢抛却曾经的信念而仍值得信赖。

我想知道你是否能发现美，
即使它并非每天都存在，
你是否能因它的存在而追溯生命的起源。

我想知道你是否能坦然面对失败——
你的或者我的。
即使失败，依然可以屹立湖边，
对着银色满月放声大喊：“我可以！”

我不关心你住在何处，有多少金钱，
只想知道在一夜悲痛绝望、疲惫不堪和伤痕累累之后，
你是否能照样起床，履行应尽的义务，
养育你的孩子。

我不关心你是谁，你如何成为现在的你，

只想知道你是否愿意同我一起，
站在烈焰的中央，毫不退缩。

我不关心你在哪里受教育，或同谁一起学了什么，
只想知道当一切都背弃了你，
你的内心有什么在支撑着你前行。

我想知道你是否能够独处，
你是否真正喜欢，在空虚时刻拥有的陪伴。

（田麓一　译）

奥里亚是加拿大女诗人，1954 年生于安大略省，现居多伦多。她曾患有慢性疲劳综合征，为驱赶病痛，她遵照村里老人教的习俗，将名字改为奥里亚。她曾出版过多部畅销作品，诗集《生活的邀请函》（*The Invitation*）被翻译成十多种语言。她深信沉思、冥想和独处的力量，这首诗就像一封邀请函，邀请未知的朋友与她一道，坦然地经受失败、痛苦与孤独，找寻生命的意义。

——编者

S U N

X U E

M E I

朗读者

孙雪梅

儿童是整个社会最柔弱的一个群体，而对儿童的伤害，毫无疑问是对人权的践踏，对法律的藐视，也是对道德底线的挑战。任何对儿童的暴力侵犯事件，无论是对于受害家庭还是对于整个社会来讲，都是一种难以言说的危害深远的痛。为保护儿童，让他们沐浴在幸福的阳光里，很多人都在做出努力。在他们中，“女童保护”项目的发起人、负责人孙雪梅和志愿者王丽东等人，行走在最前列。

孙雪梅曾是《京华时报》的记者。2013 年 5 月，海南万宁的一起性侵女童案引起了她的注意。作为记者，她查阅了大量资料，触目的统计数据让她心惊。从那时起，她就有了筹划公益项目、让更多儿童学会自我保护的念头。那一年的儿童节，她联合全国百名女记者及多家媒体单位发起“女童保护”项目，开始致力于保护儿童远离性侵害的工作。当天，“女童保护”官方微博第一次发声，呼吁废除嫖宿幼女罪，并入强奸罪从重处罚。

在过去的五年时间里，孙雪梅和志愿者们四处奔走、培训、调研、发声，取得了令人欣喜的成绩。在他们的倡导和努力下，嫖宿幼女罪被废除，并入强奸罪，受性侵儿童的民事诉讼时效延长，全国各地有越来越多的地方政府和司法机关加快步伐开展性侵教育，逐步完善对有性侵儿童前科者的职业准入制度。不过，孙雪梅也知道，女童保护任重道远，没有尽头。他们将团结更多的人，加入他们的队伍中。

董　卿：雪梅是在 2013 年的时候发起了“女童保护”这个公益组织，当时是什么促使你做了这样一个决定？

孙雪梅：我当时还是一个记者，2013 年 5 月，海南曝光了一起校长带学生开房的案件，激起了很多记者在群里讨论。6 月 26 日，又有一起案例发生。于是那一天我马上就提笔，在朋友圈发了一个倡议，叫“女童保护，我们再也不能等了”。

董　卿：我看你是这样写的：“我们都曾有过童年，我们希望她们的童年也能够快乐，我们未来也可能有女儿，同样希望孩子们不要蒙受阴影。”

孙雪梅：最重要的一件事情就是，我们要做预防教育。我们讲什么？我们找专家给我们培训，然后分头去搜集国内外关于儿童预防性侵的教学内容，编写教案。到现在我们的教案已经修订了五十三次。

董　卿：在你成立这个公益组织之后没多久，你发现自己怀孕了。

孙雪梅：是。

董　卿：怀孕这件事情激发了你更多的动力？还是让你一下子觉得退缩了？

孙雪梅：更多的是动力。当妈妈以后，你有更多的感同身受，所以你的迫切感会更强。

董　卿：你的第一个孩子是男孩还是女孩？

孙雪梅：两个都是女儿。我的朋友们开玩笑说，你是要将女童保护进行到底啊。这可能就是一种安排。我觉得这个世界是平的，

人和人之间隔不了几个人就会产生联系。“爱出者爱返”，我帮到别人了，我相信也会有人来帮到我的孩子。

董　卿：丽东是哪一年加入“女童保护”组织的？

王丽东：2014 年春天。

孙雪梅：丽东姐应该是加入“女童保护”以后到现在为止上课最多的。

王丽东：是。我内心有一个一直折磨我的魔鬼，雪梅给了我这个机会，我要珍惜，让自己能够更加快乐一些，更加开朗一些。

董　卿：你说的折磨你的魔鬼是？

王丽东：我小的时候遭遇过性侵害。所以我知道，那有多痛苦。

董　卿：是在什么时候？

王丽东：是在我七岁半从农村的姥姥家回到我父母身边之后。隔壁的邻居，一直……让我平静一下。他是父母很信赖的人，住我们家隔壁。突然有一天，他从后面使劲地抱住了我，然后亲吻我。那种恐惧……直到现在走路，我都是在后面，从来不敢在前面走。那个时候我特别怕放学，回到家的时候，一看他的自行车在院里放着，我就一定要想办法藏起来。我妈妈就说我，天天这么贪玩不回家，就在农村野惯了。

董　卿：他对你的这种侵犯持续了多久？

王丽东：三年多吧。去年秋天回老家，一个朋友说，你怎么不上你家老房子去看看？当走到那里，站在院外的时候，我真的腿都哆嗦了。

董　卿：你后来成家了吗？

王丽东：成家了，但是因为我很恐惧男人，两个人总是无法正常地在一起生活，所以我们离了婚。

董　卿：你在这个公益组织当中最重要的工作是什么？

王丽东：讲师，包括培训志愿者们。2015、2016 年的时候，我每天除了讲课就在飞机上、火车上、汽车上。2014 年 9 月，我儿子到高三了，当时黑龙江省妇联邀请我做黑龙江省的全省巡讲，要去十三个地市，这么好的机会能够让“女童保护”走近每一个孩子的身边，所以我没舍得放弃。孩子高考的当天，准考证都忘带了，我觉着我这个妈妈做得特别不合格。

董　卿：雪梅，现在像丽东这样的志愿者在“女童保护”大概有多少？

孙雪梅：志愿者的人数都超过十万了，讲师有三千五百多位，曾经的经历者再来做志愿者的有一小部分。

董　卿：女童受到伤害和侵犯对这个社会到底意味着什么？

孙雪梅：其实我们都知道，女孩子长大以后是要做妈妈的。如果说女孩子受到伤害，她未来又没有得到很好的心理干预，也会影响未来她做妈妈以后怎么样去带孩子。它其实是整个社会的痛。而且不光是女孩子，受害人里面大概有百分之十是男童。最高人民法院公布的数据是，从 2013 年到 2016 年，全国的法院审结的猥亵儿童案就有一万零七百八十二起，平均每天就超过七起。但是我们知道，有多少案例是没有进入司法程序的？所以我们看到的还仅仅是冰山一角。

董　卿：所以在 2011 年的时候，联合国特地设立了一个国际女童日，也以此来彰显要确保女童权益的决心。

孙雪梅：我们的家长其实应该养成一些习惯：比如说不要轻易把孩子交给你不完全信任、不完全了解的人来照看。我们提倡家长能够对孩子及早地进行性教育，这是个一生的课题。有了适当的性教育，孩子就不会在谈到这个话题的时候觉得是羞耻的。不管你多忙，要及时地观察孩子，比如孩子的性格发生很大转变，莫名其妙地哆嗦，莫名其妙发高烧，很多种信号也是需要我们家长了解的。

董　卿：难怪有句话叫“儿童保护没有完成时，永远是进行时”。（掌声）今天雪梅要为大家读些什么呢？

孙雪梅：我和我们的志愿者会一起朗读狄更斯的《这些美好不会消逝》，献给全世界的孩子们，希望他们有一个平安快乐的童年。

这些美好不会消逝

[英] 狄更斯

一切纯洁的、辉煌的、美丽的，
强烈地震撼着我们年轻的心灵的，
推动着我们做无言的祷告的，
让我们梦想着爱与真理的；
在失去后为之感到珍惜的，
使灵魂深切地呼喊着的，
为了更美好的梦想而奋斗着的——
这些美好不会消逝。

羞怯地伸出援助的手，
在你的弟兄需要的时候，
伤恸、困难的时候，一句亲切的话
就足以证明朋友的真心；
轻声地祈求怜悯，
在审判临近的时候，
懊悔的心有一种伤感——
这些美好不会消逝。

在人间传递温情

尽你所能地去做；
别错失了唤醒爱的良机——
为人要坚定、正直、忠诚；
因此上方照耀着你的那道光芒
就不会消失。
天使的声音在说——
这些美好不会消逝。

（佚名　译）

（本诗由“女童保护”项目发起人孙雪梅和志愿者徐豪、权敬、陈晓涛、安薪竹、王丽东、徐培红、郑凤鸣共同朗读。）

狄更斯是小说大师。他关注儿童，特别是女童。小说家写诗，英国有传统。狄更斯之前，有司各特，之后有哈代。狄更斯的这首诗告诉我们，每个人身上都有天使，纯洁、美好、正直、真诚，在别人危难之秋，伸出援助之手。真正的伟人，灵魂干净，善于释放别人身上的天使，而不是挖空心思，制造无数的魔鬼。

——北京大学世界传记研究中心主任　赵白生

Y U

M I N

H O N G

俞敏洪

朗读者

他是一位成功的企业家，也是一位畅销书作家，更是一位演讲家。他创造了中国教育培训机构的一个奇迹，改变了很多人的命运。但是用他自己的话说，从成长到成熟，他始终无法摆脱的是恐惧——对贫穷的恐惧，对落后的恐惧，对安逸的恐惧。不过幸运的是，他在恐惧的疼痛当中获得力量，变得强大。

他就是新东方教育集团创始人、董事长——俞敏洪。他的办公室墙上，一幅放大的照片格外引人注目：在一片长着荒草的田地上，立着两间已无人居住、摇摇欲坠的破瓦房。那就是他在江苏江阴农村的老家。他挂着这张照片，就是为了记住过去那一段段孤独、失败与屈辱的日子。1980 年，俞敏洪经过三次高考，才被北京大学西语系英语专业录取。他第一次去北大报到，衣着破旧，挑着扁担、背着脸盆和棉被走进了宿舍。一进校，就成了同学间的笑话。作为农民的儿子，他整整自卑了十年。

俞敏洪的过人之处在于，他从未被自卑压垮，反而将其化为更强劲的动力，在绝境中寻找新的光芒。在北大时，他大量读书，积攒英文词汇量；离开北大后，他成立新东方，克服重重困难，将它做大、做强。2006 年，新东方在美国纽约证交所上市。到现在，新东方的学员已经超过两千万，就像一支跨国船队。他不仅自己走出了恐惧与自卑的阴暗世界，还影响了无数人，让他们相信自己，胸怀世界，追逐光明。

董　卿：你看我手边放着一本书，名字叫《在痛苦的世界中尽力而为》。

俞敏洪：我觉得其实人来到这个世界不是来享受的。如何才能让你比较正常地或者是更加快乐地度过一生？这就变成了我们的一个主题。

董　卿：尽力而为是面对痛苦的一种态度。你最早意识到这个世界对你来讲是痛苦的是什么时候？

俞敏洪：小时候就有。小时候我父母经常吵架，甚至有的时候我放学背着书包回家都会害怕，怕一推门，父母刚好在打架。

董　卿：你有兄弟姐妹吗？

俞敏洪：我有一个姐姐。其实我小时候还有一个哥哥。我哥四岁的时候去世了。

董　卿：所以你妈妈是不是会把更多的希望寄托在你身上？

俞敏洪：我母亲一直认为我未来应该当个先生，因为乡村的特点是对老师极其尊敬。我母亲就从我四岁开始给我买书。

董　卿：你妈妈打过你吗？

俞敏洪：我五六岁的时候，母亲好不容易攒了一点钱给我买了一双凉鞋。我穿着凉鞋就在全村小孩子中间炫耀。炫耀了一圈以后，小朋友们就说，我们去水边玩吧。我把鞋脱在河边去游泳，起来以后就忘了那双鞋了。我回到家以后，母亲说，鞋呢？我突然想起来，赶快跑回去找，结果发现没有了。这一次我被我母亲痛打了一顿，一根竹竿都打断了。一般我母亲都是不打我的，只要她眼一瞪，我立刻就是她让我干什么我就干

什么。你想啊，到了我三十多岁、接近四十岁的时候，我母亲来到新东方，在我身边发脾气，我还能跪下来求她。直到我后来在中国有点名气了，我母亲跟我说，老虎啊——这是我的小名，她说："你现在也算个名人了，以后妈妈说你的时候，你不用跪着了，就坐在我边上听我说吧。"

董　卿：后来你能够考上大学也是因为她坚定地要求你这样去做，是吗？

俞敏洪：其实不是。上大学一直是我的向往。在农村待一辈子的恐惧感对我来说极其强烈。第一年没考上，第二年没考上，我跟我母亲说我要考第三年的时候，我母亲说可以。10月，我们县办了一个高考补习班，我想去那个班。我母亲就跑到城里去了，去了三天，也不知道她怎么着就找到了高考补习班的老师。那天晚上我母亲回来的时候，刚好下着大雷雨，我母亲从城里走到家，在泥地里摔了四五次。所以她一推门进来，整个就是一个泥人。那一刻我就知道……那一刻我就知道，我没有别的选择了。（掌声）最后我能考上北大，缘起就是那个晚上。

董　卿：那天之后你有改变吗？

俞敏洪：（笑）基本上就进入了一种拼命状态。我真的是每天早上六点起，晚上十二点打着手电在被窝里看书。我当时的目标就是我们地区师范学院，因为农村的孩子能考到地区师范就了不起了。结果高考分数一出来，我发现我超过了北大的录取分数线。我当时想了半天都没敢填。后来老师把笔抓过去说，你不敢填，我给你填。他就帮我把"北京大学"四个字填上去了。

董　卿：这四个字还不是你写的？

俞敏洪：对，不是我写的。收到北大录取通知书的时候，我就是有范进中举的感觉。我母亲当时是这么说的："你到了北京以后，还不知道能不能回来呢，那么远。所以尽管你现在没有女朋友，就连婚礼也一起给你办了。"（笑）杀两头猪，全村人在我们家吃了三天流水席。你能想象那种场景。

董　卿：所有的人都会认为跨进名校之后一定是一个幸福的开始。但是对于你来讲似乎并不是这样，你又感受到了新的痛苦？

俞敏洪：对。我是农村来的，比如说文艺才华和体育才华，我是完全没有的。我唯一会的体育项目就是游泳，第一次老师上游泳课，我就"扑通"跳下去。一个来回以后，老师指着我大笑说："哈哈！我从来没有见过一个人狗刨刨这么快的！"我就崩溃了，老师的一句玩笑话，我会把它看作是在所有同学面前的一种侮辱，因为没有自信。第二，我进北大的时候连普通话都不会说，英语的口语更是一塌糊涂。

董 卿：你的英语成绩不是考得很好吗？

俞敏洪：那个不管用，我口语、听力基本上是等于零的水平。到了北大，发现自己什么书都没读过。我记得我进宿舍的第二天，我宿舍的一个同学躺在床上读一本书——《第三帝国的兴亡》。我就用我们家乡话问他，在大学还要读这种书啊？他就把书从眼睛前移开，白了我一眼，根本就没理我。这一眼到今天还留在我的心中。

董 卿：那你要做些什么才能改变自己的困境呢？

俞敏洪：我只有一个办法，就是拼命学。如果我的成绩比你们好，你们就不会看不起我。当然这个思想是无比错误的，最后直接导致大一、大二我的成绩没有到全班最好的水平，但是把身体奋斗坏了。大三刚开学的时候，我就吐血了，一查是传染性肺结核，在医院里待了整整一年。这一年我想通了两件事情，第一件是，跟人比没有任何意义，因为你都把命比掉了。第二件是，进步都是关于你自己的事情，所以只要保持你自己的生命在进步，付出足够的努力就好。所以我在医院一年，真的读了二三百本我喜欢的书。（掌声）

董 卿：当你对自己有了信心之后，你会觉得整个世界都发生了变化。

俞敏洪：一个人从自卑到自信是一个绝对的一百八十度的改变，就是让你变成了另外一个人。我讲一个小笑话。当时《中国合伙人》拍完以后，我觉得陈可辛把我的形象描写得太窝囊了。后来我的一个大学同学跟我说，老俞，你在大学的时候不光窝囊，还挺猥琐的呢。（全场笑）

董 卿：但是听说你对你的大学同学都挺好的。

俞敏洪：就是我要讨好他们嘛，比如说，打水、扫地我干得最多。尽管我其实没有什么钱，但是我会把自己的饭钱省下来请同学吃饭。但是北大的学生欣赏的是一个人身上的才华和才气。像我这样没有才华但其实特别善良，又对女生特别好的人，没有任何女生会看上我的。

董　卿：当时你们班上多少个女生啊？

俞敏洪：二十五个左右吧。

董　卿：一个都没看上你啊？

俞敏洪：我是看上了几个的，但我是真的没写过一封情书。我知道我给任何一个女生写任何一封情书，到最后的结果都是比较悲惨的，是吧？但是也好，让我多读了好几百本书。我们那些谈恋爱谈得最热闹的同学到今天都没什么出息。（全场笑）

董　卿：你现在的痛苦又来自什么地方呢？

俞敏洪：来自内心的追求。比如三四年前我就问过自己一个问题，这辈子如果只让你做一件事情，你想干什么？问到最后我给自己找了一个答案，至少这个答案到今天还存在，就是全力以赴用自己所拥有的资源、学识、智慧、能力、人脉等，帮助年轻人成长和发展。

董　卿：通过你的讲述，我有一些感受。痛苦本身是没有什么意义的，要看它对于谁来讲。对于温室里的花，那就是灭顶之灾。对于一棵松柏，它如果能扛过所有的苦难，那就是财富，所谓“松柏之质，经霜弥茂”。

俞敏洪：完全同意你的说法。

董　卿：你今天要为大家读些什么呢？

俞敏洪：我选了我写父亲的一篇短文，献给已经去世的父亲。

一堆散乱的砖头

俞敏洪

小时候，父亲做的一件事情到今天还让我记忆犹新。父亲是个木工，经常帮别人建房子，每次建完房子，就会把别人废弃不要的断砖乱瓦捡回来，或一块两块，或三块五块。有时候在路上走，看见路边有砖头或石块，他也会捡起来放在篮子里带回家。久而久之，我家院子里就多出了一大堆乱七八糟的砖头碎瓦。我完全不知道这一堆东西的用处，只觉得本来就小的院子被父亲弄得没有了回旋的余地。终于有一天，父亲在院子一角的小空地上开始左右测量，开沟挖槽，我问他要做什么，他告诉我要造一间小房子。在随后的几天里，父亲和泥砌墙，用那堆乱砖左拼右凑，一间四四方方的小房子居然拔地而起，干净漂亮，和院子构成了一个和谐的整体。父亲把本来养在露天到处乱跑的猪羊赶进小房子，再把院子打扫干净，结果家里就有了全村人最羡慕的院子和猪舍。

当时我只是觉得父亲很了不起，一个人就盖了一间房子，然后就继续和其他小朋友一起，贫困但不失快乐地过我的农村生活。等到长大以后，我才逐渐发现父亲做的这件事对自己的深刻影响。从一块砖头到一堆砖头，最后变成一间小房子，父亲向我阐释了做成一件事情的全部奥秘。一块砖没有什么用，一堆砖也没有什么用，如果你心中没有一个造房子的梦想，拥有天下所有的砖头也只是占据了一堆废物；但如果只有造房子的梦想，而没有砖头，梦想也没法实现。当时我家穷得几乎连吃饭都成问题，自然没有钱去买砖，但我父亲没有放弃，日复一日捡拾砖头碎瓦，终于有了足够的砖头来造心中的房子。

在后来的日子里，这件事情中蕴藏的精神一直激励着我，成了我做事的指导思想。做事的时候，我一般都会问自己两个问题：一是做这件事情的目标是什么，因为盲目做事情就像捡了一堆砖头而不知道干什么一样，会浪费自己的生命。第二个问题是需要多少努力才能够把这件事情做成，也就是需要捡多少砖头才能把房子造好。解决了上面两个问题，剩下的就是要有足够的耐心，因为砖头不是一天就能捡够的。对于大部分人来说，生命之路足够漫长，因此我们有足够的时间把造房子的砖头慢慢攒起来。我生命中的三件事证明了这一思路的好处。第一件事是我的高考，目标明确——考上大学，第一、第二年我都没考上，那是因为砖头没有捡够。第三年我继续拼命学习，终于进了北大。第二件事是我背英语单词，目标明确——成为中国最好的英语词汇老师之一，于是我开始一个一个单词背，在背过的单词不断遗忘的痛苦中，父亲捡砖头的形象总会浮现在我眼前，最后我终于背下了两三万个单词，成了一名不错的词汇老师。第三件事是我做新东方，目标明确——要做成中国最好的英语培训机构之一，然后我就开始给学生上课，平均每天给学生上六到十个小时的课。很多老师倒下或放弃了，我没有放弃，十几年如一日地坚持着。每上一次课我就感觉多捡了一块砖头，梦想着把新东方这栋房子建起来。到今天为止我还在努力，而且已经看到了建好新东方这座房子的希望。

金字塔如果拆开了，只不过是一堆散乱的石头。日子如果没有目标地过下去，只不过是几段散乱的岁月。但如果把努力凝聚到每一日，去实现自己的某一个梦想，散乱的日子就积成了生命的永恒。

T A N

Y U A N

Y U A N

谭元元

朗读者

“她一上台，就会吸引所有的视线。”有人这么评价芭蕾舞台上的谭元元。她是为舞蹈而生的人，身材纤细，脖颈优美，手臂修长。谭元元接触芭蕾比较晚，家里只有母亲坚持让她学舞。十一岁刚开始学舞时，总是跟不上进度。那时应该没有人能想到，有朝一日，她会成为世界芭蕾舞坛无法替代的中国骄傲。

谭元元的母亲没有看错，她确实天赋异禀，天生就是跳舞的料。芭蕾没学几年，谭元元就多次在国际芭蕾舞大赛中获奖。十四岁参加第二届芬兰赫尔辛基芭蕾舞比赛，她夺得第二名；十六岁在法国国际芭蕾舞蹈比赛上，俄罗斯舞蹈大师乌兰诺娃给了她满分的评价；十八岁进入旧金山芭蕾舞团，很快便从独舞演员连跳两级，升至首席演员。她是旧金山芭蕾舞团历史上最年轻的，也是唯一的华裔首席演员，参演了旧金山芭蕾舞团几乎所有的重要剧目，包括《天鹅湖》《吉赛尔》等。2004 年，她成为美国《时代》杂志封面人物。2018 年 4 月 9 日，谭元元荣获旧金山市长艺术奖，而这一天也被命名为旧金山市的“谭元元日”。

光环的背后深藏着疼痛、孤独和泪水，职业芭蕾舞艺术一直被人们认为是“至美至痛”。她曾说，所有的芭蕾舞者都是“苦行僧”，下辈子绝不跳芭蕾。她还说过，三十五岁就退休。然而，今年四十一岁的她还活跃在舞台上，她旋转的足尖从未停止过。她觉得自己仍然很尽兴，在舞台上的那一刻仍然是最开心的。

董　卿：几乎没有一个芭蕾舞演员的身上是没有留下过伤痛的，对吗？

谭元元：是的。

董　卿：我们给大家展示一下芭蕾舞女演员的脚。（屏幕播放照片）

谭元元：很难看：拇指外翻，有老茧，趾甲也不好看，都是脱落的。所以我能够不穿凉鞋就尽量不穿凉鞋。

董　卿：因为你的能力，因为你的条件，在十八岁那年你有一个很好的机会成了旧金山芭蕾舞团的演员。那是一个机遇，也是一个挑战。

谭元元：我进团后两年就成了首席主要演员。

董　卿：你是抓住了什么样的机会一下子晋升为首席演员呢？

谭元元：我刚进团不到三个月，有一个叫《斯特拉文斯基小提琴协奏曲》的巴兰钦的舞码非常难跳，一个首席主要演员的手指断了，第二组的首席演员也受伤了，所以团长的眼睛就看到我了，他说："元元，你能不能把这个舞蹈连夜学下来？"那个时候我真的还听不懂他在说什么，他就给了我一个带子，我就是一直这样子（点头），我说好。

董　卿：你不知道要你去干什么吗？

谭元元：我就猜着他的意思好像是，这是这个舞蹈，你学吧。一看录像带，傻眼了。因为我从来没有接触过巴兰钦的舞码。节奏怎么那么难？大概三十分钟的舞蹈，一个晚上学得下来吗？但是我已经答应下来了，就一定要把它做好。我连夜学习，没有睡觉，就把它学会了。

董　卿：第二天上台前，你是什么心情呢？

谭元元：非常复杂，因为我看到了一个同团的女孩儿。她也是独舞演员，穿了另外一套服装等在旁边。如果我跳不了怯场的话，团里的这个节目就要整个换下来，换她跳一段双人舞。团里所有的眼睛都看着我，我只有背水一战，没有其他的选择。我豁出去了，我就跳。

董　卿：你进练功房排练的时候跳下来了吗？

谭元元：没跳下来，记不住。但上了台就是一口气把它从头到尾完全没错地跳下来了。（掌声）以后的一年半，团长给了我很多很多机会，跳了全幕舞剧《睡美人》《天鹅湖》，证明我是有能力担任旧金山芭蕾舞团首席主要演员的。（掌声）

董　卿：你们团的另外几位首席演员是花了多长时间才获得这个位置的？

谭元元：十二年到十六年不等吧。

董　卿：首席舞蹈演员这个席位也是很有限的，但是我觉得更了不起的是，你要始终保持在一个非常好的状态，因为首席也不是终身制的，是吗？

谭元元：很多人想超越你。以前我可能比较注重技巧，三十岁以后就觉得这是一门艺术，要用你的心来打动观众。

董　卿：你自己也曾经说过，做一个舞蹈家，很多时候像僧侣一样。

谭元元：对。一个苦行僧吧，而且我觉得一个人挺孤独的。

董　卿：你用了两年时间赢得了首席演员的位置，也用自己多年的努力，在这个首席的位置上待了二十三年的时间了。现在每年还要保持多少场的演出？

谭元元：大概是一百场。

董　卿：那你就几乎没有个人的生活了？

谭元元：时间很少，这也是我的宿命。其实想起来我觉得对我的外公非常愧疚。我跟他关系非常好，我进了舞蹈学校以后，他非常想念我。我们那学校特别远，七十几岁的老人骑个自行车，断断续续骑两个小时，他只要在旁边看我一眼就心满意足了。

董　卿：后来你去美国跳舞之后，可能就很少再见到他了。

谭元元：对，很少。有一次我在北京演出，他那个时候也在北京，我就匆匆忙忙给他打了一个电话。我说："外公，你好吗？我现在在北京啊。"他说："哦，你在北京啊，你来看看我吧。"我说："没时间，不行了，我一定要赶到上海，然后再飞到美国。"他说："哦，好好好，我很想你啊。"我说："你一定要等我，过几个月来美国看我演出，要申请签证哦。"他说："好好好，我等。"后来飞到美国，下了飞机以后，就得到我外公去世的消息。

我在越来越多的时间里会突然间想起外公。有的时候在台上跳一些舞蹈，快乐的时候会想到他，演绎比较悲惨的角色的时候也会想起他，就希望他有机会看到在舞台上已经成熟的我，不是坐在他自行车后边的那个娃娃了。

董　卿：对于芭蕾舞演员来讲，还有一件很痛苦的事就是特别短暂的职业生涯。有人说，芭蕾舞演员从站到台上开始，他的艺术生命就在倒计时了。

谭元元：对，我觉得这个说法是非常正确的。芭蕾是一个对美非常敏感也非常苛刻的艺术。我记得有一位前辈说，当你有一天看镜子突然觉得，哎，我的头怎么好像很大了？我胳膊的线条没有以前那么顺、没有那么美了？这个时候你的心里就是“咯噔”一下，完了。

董　卿：我知道你在三十五岁的时候，其实也有过是否要挂靴的犹豫，后来是什么让你反而更坚定地在舞台上舞蹈？

谭元元：奇迹的出现就是《小美人鱼》舞剧。

董　卿：你为什么觉得这部舞剧激发了你的一种潜能？

谭元元：我觉得小美人鱼就是我。因为我爱上了这门艺术，就像小美人鱼爱上了王子一样，虽然有这么多痛苦，每一步都像踩在刀尖上，我还是义无反顾地去爱它。

董　卿：你在跳到哪一幕的时候觉得自己特别能投入其中？

谭元元：就是小美人鱼已经没有声音了，也回不去大海了，王子选择与其他女孩走向殿堂，她只能砸墙去宣泄她的愤怒和无助。每一次演的时候，我的心也在碎。每次跳美人鱼，我的眼泪是收不住的。所以这个舞剧是我的一个里程碑。

董　卿：这个舞蹈的编导 John（约翰）也说，元元，你把我的魂都跳出来了，是因为你把自己的灵魂交付给了这个角色。我有看到过小美人鱼在谢幕的时候，不仅你在哭，很多观众其实也在哭。

谭元元：第一场要去谢幕的时候，现场鸦雀无声，我说，怎么回事？我就开始紧张了。后来幕布拉起，又是鸦雀无声，最后每个人都站立起来给我鼓掌，然后他们就习惯地叫 bravo（棒极了）给我喝彩。那个时候我觉得，哎呀，一切都值了，这么多年的舞蹈生涯也是值了。

董　卿：当你的泪水可以和观众的泪水融合在一起，当你的呼吸可以和他们的呼吸融合在一起，这是做演员最大的幸福了。

谭元元：我也得感谢《小美人鱼》延长了我的艺术生命。

董　卿：跟你搭档的很多舞伴是不是都已经退役了？

谭元元：对，最久的一个，和我搭了十九年，他是 2015 年退役的。

董　卿：他们在离开舞团之前都会对你说些什么？

谭元元：他们说，你一定要再继续下去。我说，为什么就是我？他们说，因为你就是一个奇迹。（掌声）

董　卿：那你今天想给大家读什么呢？

谭元元：《海的女儿》。

董　卿：要献给谁？

谭元元：我想献给我在天堂的外公，以及所有相信无私的爱的人们。

谭元元：一位芭蕾舞者的自我修行

导演 李蓉

有人说，谭元元的出现，呈现了《朗读者》两季以来最美的一段“朗读”。

如果说芭蕾是世界上最优雅高贵的舞蹈艺术，那么谭元元，就是国际芭蕾舞坛最耀眼的那颗明珠。毫无疑问，谭元元的优雅舞姿，是跳跃在字里行间最美妙的注脚。而这段舞蹈，险些一度未能达成。

出于保护脚的需要，她近些年来都没有在舞团以外的场合跳舞了，哪怕只有几个动作。专业的舞者不会在硬地板上跳舞——这样脚部会有受伤的风险——而脚，对于一个芭蕾舞者来说比脸还要重要。

为此，我们紧急联系了跟她合作颇多的国内道具公司，特意在棚内铺设了专业级地胶，才达成了这一次的呈现。

这是一个舞者的坚持，这种坚持背后，更是像僧侣一般几十年如一日的修行和坚守。极致美的背后，是像苦行僧一般的自律。一米六七的个子，体重只有四十七公斤。她跳舞近三十年，一直保持这个体重。而且跳舞前她是不能吃饭的。

每到一个城市，第一件事就是找练功房，连旅游都不放过。“因为歇一天，自己知道；歇两天，老师知道；歇三天，观众就会知道，脚就会打滑，站不稳。”她说，舞蹈最辛苦的不是做动作，而是日复一日，重复做着已经做过无数次的动作。

她去过很多城市，却没有办法看当地的风光；绝对不会爬山或者野营，打网球或者骑马。就算出去散步，也要注意避免过硬的水泥地和石板路，不仅要穿平底鞋，也不能走得太远。喜欢甜食和一切美味，但是要保持身材不能多吃。

作为一名美的创造者，她从没穿过露脚趾的凉鞋或者高跟鞋，因为长期练舞，她的双脚已经严重变形。她早已习惯了与伤病为伍，身上每一道疤都见证了那些最难的日子。身上的十几处伤包括骨裂、胯骨错位、腰椎间盘突出、右脚立骨变形等等，腿上还有三处骨折的伤痕。有一年夏天，由于脚指甲开裂、流血，缠上纱布再跳，舞鞋最后粘在纱布上，连皮带肉一起扯下来。对于没有练过舞的女孩子来说，这个过程简直难以想象。

她曾在演出《吉赛尔》时，因为用力过猛而使胯骨脱臼，这是一次可能断送职业舞蹈生涯的伤病，医生也提不出有效的解决办法。谭元元凭着意志力，一边翻阅在圣玛丽学院学过的解剖学和骨科学的书，一边做康复练习，开始恢复芭蕾基本功。她说："没有谁比自己更了解自己的身体。"就这样，通过研究人体骨骼、肌肉的结构和运动原理，结合自身寻找最恰当的发力点和支撑点，硬是慢慢恢复，重返舞台。这个女人，挺狠。

如果不是强大的意志力和自律性，普通人很难撑下来。这简直是一个奇迹。

"众多美的事物正是在跟痛苦的对话中获得它们的价值。"阿兰·德波顿曾说；"我向往的自由，是通过勤奋和努力实现更广阔的人生。"这是山本耀司的名言；而谭元元对我们说："要当一个舞蹈家或者艺术家，你必须像一个僧侣一样修行。"这好像是通往成功的密钥。

其实想想，世界上的真理也就这么几条，但是真正能做到的，只是寥寥少数。所以越往上，越是路广人稀。自律的人，终与孤独相伴。

“我都没有童年，因为我十一岁进舞蹈学校，就天天在训练。别人问你童年最好的记忆是什么？我说练功房。我只记得练功房，然后是汗水、泪水、脚尖鞋，还有血水。”练功房、剧院、家三点一线的生活一直延续到现在，年如一年，日复一日。掌声过后，喧嚣散场，每天从舞团到家的那条路，她独自开了二十年。从十八岁只身来到美国，三年之内跳到舞团首席，那个时候远离家人，语言不通，还被孤立，没朋友；到现在跳到四十一岁，依然是舞团首席，身上练功的酸痛恢复大大不如以前，照镜子会额外注意身体的线条……想想都觉得，这条路充满了难以言说的孤独。

“如果没有对这个艺术的爱，你就等于天天自己折磨自己，真的是自虐狂，就像一个苦行僧。在舞台上，我不是拿出百分之百的努力，而是拿出百分之一百二十。有时我甚至感觉，为什么我要对自己如此严苛？但一切就是这样自然而然，甚至在我想退而求其次的时候，竟然发现自己做不到。”

既然选择了芭蕾，孤独仿佛就是宿命。

采访期间，谭元元还跟我们分享了一位前辈的故事。

一生传奇的舞蹈家玛莎·葛兰姆，在二十世纪七十年代初，年过七旬的她决定退出舞蹈界，但很快，她发现这是一个灾难性的选择。“当你看着自己用三十多年创建的并且深爱的舞团，却要头也不回地走开，不能沉迷或回忆，简直如置地狱。”葛兰姆曾说，停止跳舞让她失去了求生的意志，她独自一人在家酗酒，食欲大减，身体状况一落千丈。在医院住院期间，她几乎一直处于昏迷状态，甚至企图自杀。

1972 年，戒了酒的葛兰姆重返舞团，恢复了令人吃惊的活力，并继续编创十多个作品，直至 1990 年最后一部作品《枫叶拉格泰姆》。在她漫长的九十六年生命历程中，舞蹈成为她唯一的信仰。

“一个舞者会死两次，第一次是他们停止跳舞，这是最痛苦的一个死亡。”芭蕾艺术的极致和残酷，铸就了它在舞台上与众不同的生命力。谭元元深以为然。芭蕾，也已成为她终身的情感寄托。

当这样一名充满魅力的女性对我说出“成就伴随而来的也有牺牲，我牺牲了个人生活，舞台意味着我的全部”，那一刻，我突然理解了，为何每一次谭元元跳《小美人鱼》都会泪流满面，甚至在《朗读者》的舞台上，读到童话《海的女儿》，还是会哽咽。那是一种纯粹、为了爱可以奉献一切的精神，她和小美人鱼早已融为一体。

此前，作为观众的我，看到了她举手投足之间延伸出来的一种精妙美感，她在舞台上的任何动作，都能构成一幅漂亮的几何图。轻盈纤弱，仿佛自带光环。而这次，与谭元元深度接触之后，我却看到了这种轻盈背后，是几十年如一日地用自律打底的扎实基础；纤弱背后，是堪比运动员的强大和坚韧的精神。除了欣赏，更多了一份领悟和敬意。

她的名字早已写满了荣耀，作为那一代人最伟大的芭蕾舞女演员之一，她以创纪录的速度迈向了事业的巅峰。可直到现在，她在演出季平均每天还要工作十三个小时，每周要跳坏四五双芭蕾鞋，每年还要在全世界跳上一百多场演出。而她已过不惑之年，跟她十九年的舞伴早已退役，她说自己只要一推开练功房的门，就停不下来了。

这个世界，永远不会辜负极度自律的人。

海的女儿（节选）

［丹麦］安徒生

当她看到那王子的宫殿的时候，太阳还没有升起来。她庄严地走上那大理石台阶。月亮照得透明，非常美丽。小人鱼喝下那服强烈的药剂。她马上觉到好像有一柄两面都快的刀子劈开了她纤细的身体。她马上昏了，倒下来好像死去一样。当太阳照到海上的时候，她才醒过来，她感到一阵剧痛。这时有一位年轻貌美的王子正立在她的面前。他乌黑的眼珠正在望着她，弄得她不好意思地低下头来。这时她发现她的鱼尾已经没有了，而获得一双只有少女才有的、最美丽的小小白腿。可是她没有穿衣服，所以她用她浓密的长头发来掩住自己的身体。王子问她是谁，怎样到这儿来的。她用她深蓝色的眼睛温柔而又悲哀地望着他，因为她现在已经不会讲话了。他挽着她的手，把她领进宫殿里去。正如那巫婆以前跟她讲过的一样，她觉得每一步都好像是在锥子和利刀上行走。可是她情愿忍受这苦痛。她挽着王子的手臂，走起路来轻盈得像一个水泡。他和所有的人望着她这文雅轻盈的步子，感到惊奇。

现在她穿上了丝绸和细纱做的贵重衣服。她是宫里一个最美丽的人，然而她是一个哑巴，既不能唱歌，也不能讲话。漂亮的女奴隶，穿着丝绸，戴着金银饰物，走上前来，为王子和他的父母唱着歌。有一个奴隶唱得最迷人，王子不禁鼓起掌来，对她发出微笑。这时小人鱼就感到一阵悲哀。她知道，有的时候她的歌声比那种歌声要美得多！

她想：

“啊！只愿他知道，为了要和他在一起，我永远牺牲了我的声音！”

现在奴隶们跟着美妙的音乐，跳起优雅的、轻飘飘的舞来。这时小人鱼就举起她一双美丽的、白嫩的手，用脚尖站着，在地板上轻盈地跳着舞——从来还没有人这样舞过。她的每一个动作都衬托出她的美。她的眼珠比奴隶们的歌声更能打动人的心坎。

大家都看得入了迷，特别是那位王子——他把她叫作他的“孤儿”。她不停地舞着，虽然每次当她的脚接触到地面的时候，她就像是在快利的刀上行走一样。王子说，她此后应该永远跟他在一起；因此她就得到了许可睡在他门外的一个天鹅绒的垫子上面。

他叫人为她做了一套男子穿的衣服，好使她可以陪他骑着马同行。他们走过香气扑鼻的树林，绿色的树枝扫过他们的肩膀，鸟儿在新鲜的叶子后面唱着歌。她和王子爬上高山。虽然她纤细的脚已经流出血来，而且也叫大家都看见了，她仍然只是大笑，继续伴随着他，一直到他们看到云块在下面移动，像一群向遥远国家飞去的小鸟为止。

在王子的宫殿里，夜里大家都睡了以后，她就向那宽大的台阶走去。为了使她那双发烧的脚可以感到一点清凉，她就站进寒冷的海水里。这时她不禁想起了住在海底的人们。

有一天夜里，她的姐姐们手挽着手浮过来了。她们一面在水上游泳，一面唱出凄怆的歌。这时她就向她们招手。她们认出了她；她们说她曾经多么叫她们难过。这次以后，她们每天晚上都来看她。有一晚，她遥远地看到了多年不曾浮出海面的老祖母和戴着王冠的海王。他们对她伸出手来，但他们不像她的那些姐姐，没有敢游近地面。

工了　天比　天更爱她。他像爱·个亲热的好孩子那样爱她，但是他从来没有娶她为皇后的思想。然而她必须做他的妻子，否则她就不能得到一个不灭的灵魂，而且会在他结婚的头一个早上就变成海上的泡沫。

“在所有的人中，你是最爱我的吗？”当他把她抱进怀里吻她前额的时候，小人鱼的眼睛似乎在这样说。

“是的，你是我最亲爱的人！”王子说，“因为你在一切人中有一颗最善良的心。你对我是最亲爱的，你很像我某次看到过的一个年轻女子，可是我永远再也看不见她了。那时我是坐在一艘船上——这船已经沉了。巨浪把我推到一个神庙旁的岸上。有几个年轻女子在那儿做祈祷。她们最年轻的一位在岸旁发现了我，因此救了我的生命。我只看到过她两次：她是我在这世界上能够爱的唯一的人，但是你很像她，你几乎代替了她留在我的灵魂中的印象。她是属于这个神庙的，因此我的幸运特别把你送给我。让我们永远不要分离吧！”

“啊，他却不知道我救了他的生命！”小人鱼想，“我把他从海里托出来，送到神庙所在的一个树林里。我坐在泡沫后面，窥望是不是有人会来。我看到那个美丽的姑娘——他爱她胜过于爱我。”这时小人鱼深深地叹了一口气——她哭不出声来。“那个姑娘是属于那个神庙的——他曾说过。她永不会走向这个人间的世界里来——他们永不会见面了。我是跟他在一起，每天看到他的。我要照看他，热爱他，为他献出我的生命！”

现在大家在传说王子快要结婚了，他的妻子就是邻国国王的一个女儿。他为这事特别装备好了一艘美丽的船。王子在表面上说是要到邻近王国里去观光，事实上他是为了要去看邻国君主的女儿。他将带着一大批随员同去。小人鱼摇了摇头，微笑了一下。她比任何人都能猜透王子的心事。

“我得去旅行一下！”他对她说过，“我得去看一位美丽的公主：

这是我父母的命令，但是他们不能强迫我把她作为未婚妻带回家来！我不会爱她的。你很像神庙里的那个美丽的姑娘，而她却不像。如果我要选择新嫁娘的话，那么我就要先选你——我亲爱的、有一双能讲话的眼睛的哑巴孤女。”

于是他吻了她鲜红的嘴唇，摸抚着她的长头发，把他的头贴到她的心上，弄得她的这颗心又梦想起人间的幸福和一个不灭的灵魂来。

“你不害怕海吗，我的哑巴孤儿？”他问。这时他们正站在那艘华丽的船上：它正向邻近的王国开去。他和她谈论着风暴和平静的海，生活在海里的奇奇怪怪的鱼，和潜水夫在海底所能看到的东西。对于这类的故事，她只是微微地一笑，因为关于海底的事儿她比谁都知道得清楚。

在月光照着的夜里，大家都睡了，只有掌舵人立在舵旁。这时她就坐在船边上，凝望着下面清亮的海水。她似乎看到了她父亲的王宫。她的老祖母头上戴着银子做的皇冠，正高高地站在王宫顶上；她透过激流朝这条船的龙骨瞭望。不一会儿，她的姐姐们都浮到水面上来了，她们悲哀地望着她，苦痛地扭着她们白净的手。她向她们招手，微笑，同时很想告诉她们，说她现在一切都很美好和幸福。不过这时船上的一个侍者忽然向她这边走来。她的姐姐们马上就沉到水里；侍者以为自己所看到的那些白色的东西，不过只是些海上的泡沫。

第二天早晨，船开进邻国壮丽皇城的港口。所有教堂的钟都响起来了，号笛从许多高楼上吹来，兵士们拿着飘扬的旗子和明晃的刺刀在敬礼。每天都有一个宴会。舞会和晚会在轮流举行着，可是公主还没有出现。人们说她在一个遥远的神庙里受教育，学习皇家的一切美德。最后她终于到来了。

小人鱼迫切地想要看看她的美貌。她不得不承认她的美了，她从来没有看见过比这更美的形体。她的皮肤是那么细嫩，洁白；在她黑长的睫毛后面是一对微笑的、忠诚的、深蓝色的眼珠。

“就是你！”王子说，“当我像一具死尸躺在岸上的时候，救活我的就是你！”于是他把这位羞答答的新嫁娘紧紧地抱在自己的怀里。“啊，我太幸福了！”他对小人鱼说，“我从来不敢希望的最好的东西，现在终于成为事实了。你会为我的幸福而高兴吧，因为你是一切人中最喜欢我的人！”

小人鱼把他的手吻了一下。她觉得她的心在碎裂。他举行婚礼后的头一个早晨就会带给她灭亡，就会使她变成海上的泡沫。

教堂的钟都响起来了，传令人骑着马在街上宣布订婚的喜讯。每一个祭台上，芬芳的油脂在贵重的油灯里燃烧。祭司们挥着香炉，新郎和新娘互相挽着手来接受主教的祝福。小人鱼这时穿着丝绸，戴着金饰，托着新嫁娘的披纱，可是她的耳朵听不见这欢乐的音乐，她的眼睛看不见这神圣的仪式。她想起了她要灭亡的早晨，和她在这世界已经失去了的一切东西。

在同一天晚上，新郎和新娘来到船上。礼炮响起来了，旗帜在飘扬着。一个金色和紫色的皇家帐篷在船中央架起来了，里面陈设得有最美丽的垫子。在这儿，这对美丽的新婚夫妇将度过他们这清凉和寂静的夜晚。

风儿在鼓着船帆。船在这清亮的海上，轻柔地航行着，没有很大的波动。

当暮色渐渐垂下来的时候，彩色的灯光就亮起来了，水手们愉快地在甲板上跳起舞来。小人鱼不禁想起她第一次浮到海面上来的情景，想起她那时看到的同样华丽和欢乐的场面。她于是旋舞起来，飞翔着，正如一只被追逐的燕子在飞翔着一样。大家都在喝彩，称赞她，她从来没有跳得这么美丽。快利的刀子似乎在砍着她的细嫩的脚，但是她并不感觉到痛，因为她的心比这还要痛。

她知道这是她看到他的最后一晚——为了他，她离开了她的族人和家庭，她交出了她美丽的声音，她每天忍受着没有止境的苦痛，然而他却一点儿也不知道。这是她能和他在一起呼吸同样空气的最后一晚，这是她能看到深沉的海和布满了星星的天空的最后一晚。同时一个没有思想和梦境的永恒的夜在等待着她——没有灵魂，而且也得不到一个灵魂的她。一直到半夜过后，船上的一切还是欢乐和愉快的。她笑着，舞着，但是她心中怀着死的思想。王子吻着自己的美丽的新娘；新娘抚弄着他的乌亮的头发。他们手挽着手到那华丽的帐篷里去休息。

船上现在是很安静的了。只有舵手站在舵旁。小人鱼把她洁白的手臂倚在舷墙上，向东方凝望，等待着晨曦的出现——她知道，头一道太阳光就会叫她灭亡，她看到她的姐姐们从波涛中涌现出来了。她们是像她自己一样的苍白。她们美丽的长头发已经不在风中飘荡了——因为它已经被剪掉了。

“我们已经把头发交给了那个巫婆，希望她能帮助你，使你今后不至于灭亡。她给了我们一把刀子。拿去吧，你看，它是多么快！在太阳出来以前，你得把它插进那个王子的心里去。当他的热血流到你脚上时，你的双脚将会又连到一起，成为一条鱼尾，那么你就可以恢复人鱼的原形，你就可以回到我们这儿的水里来；这样，在你没有变成无生命的咸水泡沫以前，你仍旧可以活过你三百年的岁月。快动手！在太阳出来以前，不是他死，就是你死了！我们的老祖母悲恸得连她的白发都落光了，正如我们的头发在巫婆的剪刀下落掉一样。刺死那个王子，赶快回来吧！快动手呀！你没有看到天上的红光吗？几分钟以后，太阳就出来了，那时你就必然灭亡！”

她们发出一个奇怪的、深沉的叹息声，于是她们便沉入浪涛里去了。

小人鱼把那帐篷上紫色的帘子掀开，看到那位美丽的新娘把头枕在王子的怀里睡着了。她弯下腰，在王子清秀的眉毛上亲了一吻，于是她向天空凝视——朝霞渐渐地变得更亮了。她向尖刀看了一眼，接着又把眼睛掉向这个王子；他正在梦中喃喃地念着他的新嫁娘的名字。他思想中只有她存在。刀子在小人鱼的手里发抖。但是正在这时候，她把这刀子远远地向浪花里扔去。刀子沉下的地方，浪花就发出一道红光，好像有许多血滴溅出了水面。她再一次把她迷糊的视线投向这王子，然后她就从船上跳到海里，她觉得她的身躯在融化成为泡沫。

现在太阳从海里升起来了。阳光柔和地、温暖地照在冰冷的泡沫上，因为小人鱼并没有感到灭亡。她看到光明的太阳，同时在她上面飞着无数透明的、美丽的生物。透过它们，她可以看到船上的白帆和天空的彩云。它们的声音是和谐的音乐，可是那么虚无缥缈，人类的耳朵简直没有办法听见，正如地上的眼睛不能看见它们一样。它们没有翅膀，只是凭它们轻飘的形体在空中浮动。小人鱼觉得自己也获得了它们这样的形体，渐渐地从泡沫中升起来。

“我将向谁走去呢？”她问。她的声音跟这些其他的生物一样，显得虚无缥缈，人世间的任何音乐都不能和它相比。

“到天空的女儿那儿去呀！”别的声音回答说，“人鱼是没有不灭的灵魂的，而且永远也不会有这样的灵魂，除非她获得了一个凡人的爱情。她的永恒的存在要依靠外来的力量。天空的女儿也没有永恒的灵魂，不过她们可以通过善良的行为而创造出一个灵魂。我们飞向炎热的国度里去，那儿散布着病疫的空气在伤害着人民，我们可以吹起清凉的风，可以把花香在空气中传播，我们可以散布健康和愉快的精神。三百年以后，当我们尽力做完了我们可能做的一切善行以后，我们就可以获得一个不灭的灵魂，就可以分享人类一切永恒的幸福了。你，可怜的小人鱼，像我们一样，曾经全心全意地为那个目标而奋斗；你忍受过痛苦；你坚持下去了；你已经超升到精灵的世界里来了。通过你的善良的工作，在三百年以后，你就可以为你自己创造出一个不灭的灵魂。”

小人鱼向上帝的太阳举起了她光亮的手臂，她第一次感到要流出眼泪。

在那条船上，人声和活动又开始了。她看到王子和他美丽的新娘在寻找她。他们悲悼地望着那翻腾的泡沫，好像他们知道她已经跳到浪涛里去了似的。在冥冥中她吻着这位新嫁娘的前额,她对王子微笑。于是她就跟其他的空气中的孩子们一道，骑上玫瑰色的云块，升入天空里去了。

“这样，三百年以后，我们就可以升入天国！”

“我们也许还不须等那么久！”一个声音低语着，“我们无形无影地飞进人类的住屋里去，那里面生活着一些孩子。每一天如果我们找到一个好孩子，如果他给他父母带来快乐、值得他父母爱他的话，上帝就可以缩短我们考验的时间。当我们飞过屋子的时候，孩子是不会知道的。当我们幸福地对着他笑的时候，我们就可以在这三百年中减去一年；但当我们看到一个顽皮和恶劣的孩子而不得不伤心地哭出来的时候，那么每一颗眼泪就使我们考验的日子多加一天。”

（叶君健　译）

选自人民文学出版社《安徒生童话故事集》

安徒生的成就在于他把童话提到了一个新的高度，使它成为一个重要的文学品种。他充分利用童话的特点，使他的作品具有一种一般成人文学中比较欠缺的东西，那就是丰富的幻想、天真烂漫的构思和朴素的幽默感。《海的女儿》是个具有沉重悲剧性的爱情故事，我们为它动人的情节而感动，但却容易忽略它里面蕴藏着的安徒生对人间的爱，对人这种高等动物的热切希望。

——翻译家、儿童文学家　叶君健

W A N G

Z H I

L I A N G

朗读者

王智量

王智量的家里一直挂着屠格涅夫的一句话："你想要幸福吗？先得学会受苦。"这句话仿佛是他人生的写照。经历过贫病交加，饱尝人情冷暖，即便在对知识分子最严苛的岁月里，他也没有放弃自己的挚爱——翻译。翻译是他苦难的源头，翻译也是他快乐的源泉。

1928 年 6 月 19 日，王智量生于陕西汉中。1947 年他考入北京大学法律系，1949 年北大西语系俄语专业成立后，他主动要求改读俄语，成为该专业第一届学生。那一年春天，他买到了一本普希金的俄文原著《叶甫盖尼·奥涅金》。1954 年，他在工作之余开始翻译这首他最爱的长诗，没想到这竟给他带来了极大的厄运。他遭人揭发，被划为右派，发配到河北平山县改造，在那里饿病交加，数度陷入生命的绝境。这样的情形下，他竟仍没有放弃翻译。那时，偷偷摸摸地翻译已成了他人生中仅有的光明时刻。直至 1982 年，历时二十余载，这本书的翻译才最终完成了。他的译本尽力接近原作，蕴含了他艰难的付出和大量的苦心。

除了这部作品，王智量还夜以继日地译出《安娜·卡列宁娜》《我们的共同的朋友》《黑暗的心》《死者》等作品。当三十多部译著一一呈现在读者面前时，一代又一代文学爱好者感受到了文字的光芒。

董　卿：我们现场的观众都很年轻啊。

王智量：（与现场观众招手打招呼）

董　卿：王老在你们这个年纪正在北大读书呢。

王智量：我是在上海考的北京大学。上海的报纸上登了一个录取名单，有我，心里不知道多高兴！（笑）那时候我在北京大学读法律系。

董　卿：这个茶几上放着两本书，上面这本真的显得好古老，书页都快掉下来了，这上面写着“智量 1949 年春　购于哈尔滨”。

王智量：这是普希金的代表作《叶甫盖尼·奥涅金》。我想通过这本书了解俄国，了解俄国文学，同时学习俄语。我看到这本书，又没有钱买，怎么办呢？我就把我当时从上海带到北大去的一件西服上身拿到店里去卖掉。我卖了好多钱！

董　卿：您经常干这样的事情吗？卖了衣服去买书？

王智量：对对对，就是一直到我去华东师范大学做教授以后，还在那儿卖衣服买书。（笑）

董　卿：那您后来是继续读法律了呢，还是转专业了？

王智量：很巧，当时北大的西语系设立了俄国文学专业，西语系的系主任是朱光潜，校长是胡适。我就跑去找朱光潜，我说，我是法律系的，我要转西语系的俄语组，那时候还叫这个名字。我二十来岁，什么也不怕，跑到校长办公室找胡适。胡适看我笑笑说，这么个事情要来找我？他说好好，你去，你去。这样我就从法律系转到了西语系的俄语组。

董　卿：那您什么时候想着要翻译《叶甫盖尼·奥涅金》了呢？

王智量：当时自己还不懂他是什么名家，只觉得这部作品里面所描写的人物那么纯洁，那么真诚，所以我就喜欢上了。后来我把这本书从头到尾都背了。一共四百多个十四行诗节，我每一个都会背。

董　卿：现在王老九十岁了，我估计背是背不下来了，但是大家想不想听王老用俄语读一小段，好不好？（掌声）这上面写满了您当时的一些读书笔记。

王智量：你看！这本书里面的书页已经变成我的日记了，因为我老是拿着它。（笑）读第七章第二节：

Как грустно мне твое явленье,
你的来临勾起我多少忧怨，
Весна, весна! пора любви!

春天啊！春天，恋爱的季节！
Какое томное волненье
是怎样一种慵倦的波澜
В моей душе, в моей крови!
侵入我的心田、我的血液！
С каким тяжелым умиленьем
置身于乡村寂静的怀抱中，
Я наслаждаюсь дуновеньем
我心头的情思却十分沉重，
В лицо мне веющей весны
我尽情领略荡漾的春光，
На лоне сельской тишины!
任习习春风吹拂着我的脸庞！
Или мне чуждо наслажденье,
或许是，我和享乐已了无缘分，
И все, что радует, живит,
令人愉快、令人振奋的大千世界，
Все, что ликует и блестит
欢腾雀跃、光辉灿烂的大千世界，
Наводит скуку и томлснье
对于我早已死去的心灵，
На душу мертвую давно
只徒然引起厌倦和忧伤？
И все ей кажется темно?
在我的心中是否一切都黯淡无光？

董　卿：当时有没有人鼓励您来翻译这本书呢?

王智量：有一个人是大家都知道的，是我们国家当时著名的文学家何其芳。大家要是有兴趣，可以在何其芳写的《论红楼梦》这篇有名的论文里面看到他引用了一节普希金的《叶甫盖尼·奥涅金》,而恰巧这一节我翻译过。他非常兴奋。他是个四川人，就用四川话跟我说："你既然都会背，你翻嘛，把它翻译出来嘛！"这对我是多大的鼓励啊!

董　卿：后来也因为一些特殊的历史原因，使得您翻译《叶甫盖尼·奥涅金》受到了一些阻碍。

王智量：当时我根本没有条件继续再研究。我劳动改造的地方是河北平山县西柏坡村，我就把这本书的原文带上，反复读这本书。我有机会在脑子里想到的就把它翻译出来：把菜种撒在地里，这一行撒过种子的上面铺一层土，然后拿脚把土踩实在；我一面在那儿踩，心里一面就想诗的韵律。（全场笑）这样一天下来，我劳动也不累，这一节诗就翻译得很好。

董　卿：那时候您带了本子或者带了纸张吗?

王智量：在乡下很难买到纸，我就把报纸边上那一条白的没有字的都撕下来。晚上,我就在那个边上把我白天想了一天的写下来。几年以后我回到上海，我的哥哥一看我的行李，怎么有一个口袋？口袋里面全是那种报纸边！还有上海人叫乌草纸的东西……

董　卿：很粗糙的草纸。

王智量：这么一袋乱七八糟的纸，但这就是我的《叶甫盖尼·奥涅金》的全部初稿。(掌声)

董　卿：六十年代初，您终于从农村回到了上海。

王智量：对。我去过五个工厂打工。

董　卿：干一天工可以挣多少钱？

王智量：一块四毛钱。

董　卿：在条件这么差的时候，您还买书吗？

王智量：有一天一个老师拿着一本《韦氏英语词典》，他说："我买了这本词典，我老婆骂我，让我拿来卖掉。"我问他："往哪里卖呀？多少钱呀？"大概是六十块钱，那时候这个钱是不得了的。可我太喜欢了！我就不顾一切把这本词典买回来了。我走到弄堂口，一想，不得了，我回家怎么说呀？那天发工资，我也没有钱给我妈，但是我妈一下就看出来了。母亲没有说话，她把壁橱打开，在一堆破衣服里面翻出一件来，里边有一个口袋，口袋里有七十块钱。她说，这点钱我存了十几年，我们这个月用它来吃饭。就这样度过了。（掌声）

母亲的恩情我们永远都记得，尤其是像我，要不是母亲，我怎么活得过来？后来我慢慢了解到在那个阶段，母亲经常都是不吃饭，或者是一顿不吃，省下来给我的两个孩子吃。我的母亲是上海圣约翰大学毕业的。我们每一个人都有母亲，要是对母亲不好，你就不配做人哪！母亲！（掌声）

董　卿：在您的记忆深处，有没有您觉得自己对不住她的地方？

王智量：我讲一个对不起母亲的事情。我在陕西城固的西北师范学院附中上初中。冬天的一天，我跟同学们坐在教室门口晒太阳，老远看见有一个老太太穿得破破烂烂走过来，再走一步，我一看是我妈。看到母亲穿得那么破烂，同学们都坐在旁边，我觉得妈妈给我丢人。正好这时候上课铃响了，同学们都进教室了，也没注意到这一点。我就跑过去把妈妈挡住，让她走，不让她再来。到过阴历年我回家了，妈妈说："明天你就长大一岁了，这一年里你觉得你哪件事情做得不对吗？"我说我不知道。她说："你记得不记得那天听说你生病了，我走了七十里路到学校去看你，结果你走过来，不让我和同学见面。"第二天她又再走七十里路回去。她就说："你是嫌我穿得破烂给你丢人，是不是？"妈妈那天把这句话一点破，哎呀，我知道我错了。我跪在祖父祖母的像前面，自己哭，在那儿忏悔。假如当时妈妈不教育我，我会总是那样没有良心地过下去，那也没有我的今天了，对不对？我早就变成一个坏人了。

董　卿：后来妈妈有没有看到《叶甫盖尼·奥涅金》这本书出版呢？

王智量：妈妈大概是1981年去世的。

董　卿：这本书是1982年出版的，也就差了一年的时间。

王智量：后来我就把这本书拿到南京，拿到母亲的坟上给母亲看。我记得我还把一本烧掉了，就是跟她说，这本书印出来了，而且读者很喜欢。现在人民文学出版社还在印我的译本。（掌声）

董　卿：在您家里一直挂着屠格涅夫的一句话："你想要幸福吗？先得学会受苦。"

王智量：我尽管受了苦，但是我后来很幸福。我有一个非常好的妻子，儿女都成人了，我现在不愁吃不愁穿，我有一万多块钱的退休工资，这还不好吗？（掌声）

在我翻译的那么多文学作品里面，我最喜欢的三个作家是普希金、屠格涅夫、托尔斯泰。今天我也要把屠格涅夫的《门槛》，俄文是 Порог，献给母亲和我的妻子吴妹娟老师。

董　卿：艰难困苦，玉汝于成。痛是文学作品当中一个绕不开的主题，因为它本身就是人生的一堂必修课，穿越痛苦的方法是经历它，吸收它，探索它，理解它到底意味着什么。倒也不必始终将痛拒之于门外，唯一要做的是不要忘记给自己点燃一盏名叫“希望”的灯火，就像普希金在诗中写的：“不幸的忠贞的姐妹——希望，／在昏暗潮湿的矿坑下面，／会唤醒你们的刚毅和欢颜，／一定会来到的，那可盼的时光。”

门　槛

［俄］屠格涅夫

梦

我看见一幢巨大的楼房。

下面墙上是一道敞开的狭门，门里——阴森黑暗。高高的门槛前站立着一个姑娘……一个俄罗斯姑娘。

那望不透的黑暗散发出寒气；随着冰冷的气流，从大楼深处传出一个缓慢、重浊的声音。

“噢，是你呀，你想跨过这道门槛，你可知道，是什么在等待着你吗？”

“知道。”姑娘回答。

“寒冷、饥饿、憎恨、嘲笑、轻蔑、委屈、监牢、疾病，还有死亡本身？”

“知道。”

“彻底的隔绝、孤独？”

“知道……我准备好了。我能忍受一切痛苦、一切打击。”

“不仅敌人的打击——而且是亲人的、朋友的打击？”

“对……即使是他们的打击。”

“好。你准备去牺牲？”

“对。”

“去做无名的牺牲？你会死掉——而没有人……甚至没有人知道，他满怀尊敬所纪念着的人是谁！……”

“我既不需要感激，也不需要怜惜。我不需要名声。”

“你准备去犯罪？”

“我也准备去犯罪。”

姑娘埋下了她的头……

那声音没有马上重新提出问题。

“你知道吗，”她终于又说话了，“你可能放弃你现在的信仰，你可能认为你是受了骗，是白白毁掉了自己年轻的生命？”

“这我也知道。反正我想要进去。”

“进来吧！”

姑娘跨过了门槛——于是一张重重的帘子在她身后落下。

“傻瓜！”有人从后面咬牙切齿地骂她。

“圣女！”从某个地方传来这一声回答。

1878年5月

（王智量　译）

六十高龄的屠格涅夫，老骥伏枥，而壮心未已，心头仍不时涌现出一阵阵的创作冲动。然而他已经没有精力再写出大部的作品了，只能把脑海中浮现的一个个思想和形象，信笔随时简略扼要地记录下来。日积月累，在1878年至1882年前后五年左右的时间里，形成一部

好似一盘散珠碎玉似的优美的诗集。它就是《散文诗》。而《门槛》是《散文诗》中最为杰出的篇章之一，是世界文学中难得的一篇短小精悍的珍品。“门槛”象征着一种间隔、一种阻碍、一种困难。整个跨越这“门槛”的故事因此便象征着一种越过间隔、冲破阻碍、克服困难的斗争精神，象征一种征服一切艰难险阻的主动性、毅力、决心和觉悟。

——翻译家　王智量

十　年

Decades

在我们人生的刻度上，有多少个十年？屈指可数；而在历史的长河里，十年只是沧海一粟。苏轼曾经写下“十年生死两茫茫，不思量，自难忘”，那是时间对爱情的一份追忆；曹雪芹在穷困潦倒的时候坚持著书，才有了《红楼梦》“字字看来皆是血，十年辛苦不寻常”，那是时间对艺术的一份馈赠；路遥在《平凡的世界》里以十年为跨度，抒写了命运跟随时代的变迁，那是时间对社会的一份洗礼。

我们曾经想校对时间，到最后才会发现，在所有的批评当中，最正确、最伟大、最天才的，是时间。十年，既有世事浮沉，又有农夫悲欢；既有鸿篇巨制，又有青鞋布袜。正所谓“日月忽其不淹兮，春与秋其代序”，一代又一代人，一个又一个十年，铺就了我们今天的“黄金时代”。

十年在古代，仿佛是很久很久的事情，而十年在今天，又仿佛是很快的事情。别说十年，四十年都是弹指一挥间。从 1978 年到 2018 年，中国站在了改革开放四十周年的新起点上，时代的脉搏从来没有像今天这样如此强劲，也从来没有像今天这样如此扣人心弦。在一个又一个辉煌十年的背后，是一张张普普通通却可敬可亲的中国人的面孔，他们用奋斗，用拼搏，将自己的命运和国家的发展紧紧地联系在了一起。

走进

朗读亭

Reading

Pavilion

我想把《假如给我三天光明》送给我的家人。

我十七岁拿到了全国十佳模特，在事业巅峰之际，我失明了。我也曾经想要结束生命，是一份爱感染着我，让我遇到了相守一生的人，也让我重新找到了人生的方向。

朗读者　王蕾蕾（模特）

为什么战旗美如画，英雄的鲜血染红了它。

我要把它送给我们雷达兵在朝鲜战场上牺牲的十几位战友。

朗读者　刘无瑕（八十五岁，中华人民共和国第一代雷达兵）

1977年我参加高考，那一届的学生对读书的饥渴是罕见的，寝室熄灯后，有人到路灯下读书，甚至打着手电在被窝里读。

有了这一刻，世界就不再是原来的世界，不再是没有这一刻的世界。……你在一条草木覆盖的暗沟前失足的时候，大山垫给你一块石头或者借你一根树枝，阻挡你危险地下坠。

朗读者　韩少功（作家）

我们是一群来自全国各地的志愿者，我们最重要的工作是保护深圳海域的珊瑚礁。珊瑚是受法律保护的动物，是海底的一个基础生态链。珊瑚礁在深圳曾经有过一段非常辉煌的时期，现在却岌岌可危。改变我们人类对海洋过度索取的态度，这是我们工作的根本。我们要让下一代人理解，用什么样的方式对待海洋是正确的。种珊瑚，种人心。我们用行动激发大家参与进来，为自己家门口的海底做一点点事情，让我们的珊瑚礁生态恢复过来。我要朗读法国作家儒勒·凡尔纳《海底两万里》的片段。

这真是一片奇妙又少见的海底森林，生长的都是高大的木本植物，小树上丛生的枝杈都笔直伸向洋面。没有枝条，没有叶脉，像铁杆一样。在这像温带树林一般高大的各种不同的灌木中间，遍地生长着带有生动花朵的各色珊瑚。

朗读者　夏嘉祥（潜爱大鹏公益组织秘书长）

（本期节目于 2018 年 7 月 28 日播出）

Readers

C H I

F U

L I N

朗读者

迟福林

1988年，全国最年轻的省份——海南省诞生了。一夜之间，海南从一个遥远的南疆边陲的小岛变成了充满希望和梦想的淘金之地。筚路蓝缕，以启山林。在那样一片广阔的改革开放的试验田里，一代改革人将自己的青春热血投注其中。中国（海南）改革发展研究院院长迟福林是其中之一，他亲自参与、亲眼见证了海南三十年的改革与发展。

时间回到1987年12月，距离海南建省尚有几个月，三十六岁的迟福林从北京调任海南，参与海南省的筹建，担任海南省委政策研究室和省政府体制改革办公室的主要负责人。那时的海南虽然一片破败，但人们谈论最多的就是发展，思考最多的就是未来。

三十年来，迟福林参与了海南多个发展规划的研究制订，在不同阶段为海南提出了不少创造性的概念和发展思路，比如“特别关税区”“自由贸易区”“海南国际旅游岛”等。转眼三十年过去了，海南发生了天翻地覆的变化：基础设施大为改善，经济总量大幅增长，生态也没有遭到破坏。海南再也不是当年迟福林下飞机时看到的那个海南，而是充满内在活力的、开放的、发展的海南。迟福林说，他的“海南梦”还要做下去。实现这个梦，需要更大的开放和更大的改革。

董　卿：听说您有一个外号叫“迟改革”？

迟福林：对。我老和大家说，改革不能迟，所以这个外号不太好，但是我们这一代人好像生下来就是为改革的。

董　卿：为什么这么说呢？

迟福林：我们小的时候受过苦，吃不饱饭。开始懂事的时候，我们就开始思考问题：为什么我们会这样？

董　卿：我们说“穷则变，变则通，通则久”，您是怎么从一个穿着军装的军人走上了一条改革的道路呢？

迟福林：我在部队的时候做过宣传干事，后来到国防大学当教员。许士杰书记被抽调到海南建省筹备组当组长以后，找到了我。我当时想，海南要建中国最大的经济特区，我现在能有这个实操的机会太难得了，所以真的没有迟疑，一天之内就从一个军人变成了一个老百姓。1988 年我到了海南，今年已经是第三十一个年头了。

董　卿：您能给我们描述一下那时候海南是什么样吗？

迟福林：当时海南岛的接待条件有限，很多人找不到住的地方，只好暂时住在街头。他们铺着一个席子，一个报纸，晚上用个小饭盒，弄个木头煮个面条吃。可他们在朗诵诗。十万人才下海南，那个时候好像什么都缺，但最不缺的是激情。

董　卿：我们收集了一些当时的照片，您看看这个人头攒动的景象！

迟福林：我就在现场，不过在人群里也找不到我。（笑）这是在海口的秀英码头。

董　卿：从这个码头看，当时的海口其实还是很破旧的。

迟福林：哎呀，一下飞机，海南给我的感觉和我想的南国风光有很大差距。我在省委机关住临街一点的房子，晚上开始睡觉的时候要用棉花塞上耳朵才能睡着。为什么？因为经常停水停电，每一个小面铺都有一个发动机发出声响。

董　卿：这一张是海南省第一次党代会的照片。听说在这个大会上，许士杰书记做的报告是您起草的？

迟福林：是的，是我主笔。我们那个报告有三个基本点：第一，改革是干吗？这就是报告的主题——放胆发展生产力，开创经济特区新局面。第二，1988 年海南省第一次把发展市场经济写入了党代会报告。那么要发展市场经济还要怎么办？所以第三点提出来了，要尽快设立第二关税区，这接近了我们今天谈的自由贸易港。所以，那是一个解放思想的报告，是改

革激情燃烧的报告。（掌声）

董　卿：我们都知道，改革是一件很艰难的事情。您遇到过什么样的困难，什么样的风险？

迟福林：改革就是打破各种利益的束缚。比如说我们在海南开始搞小政府大社会，比原来建省前减少了十多个行政管理机构，少了五百多号人，有的部门就带了七八个人跑到许书记那儿说："迟福林刚来海南，就想端我们的饭碗？我们把迟福林赶出去！"比如说我们搞股份制，开始海南没有什么像样的企业，我们要培育市场，发展市场经济，尽快建立以股份制为主体的现代企业结构。

董　卿：您一手创立的中改院（中国［海南］改革发展研究院）被人们称为"股份制改革的黄埔军校"，是吗？

迟福林：是的。我们现在看到椰树集团的椰子水生产得那么好，可当初的椰子加工厂臭得呀，还乱哄哄的。团队通过改革，发展成一个应该说至少在东南亚椰汁生产领域最好的企业。当时重要的改革就是能不能把员工的积极性调动起来：打破"三铁"——铁饭碗、铁交椅、铁工资，鼓励员工持股。

董　卿：您其实也不是海南人，那您到了海南之后怎么样以最快的速度了解当地的民生，制定所有的改革政策呢？

迟福林：我在刚去海南的第一年就把十九个市县全部走完了。2003年，我到了黎族一个村庄去调研，看到一个家里三口人，老太太躺在病床上，老头是只有一条腿的残疾人，他怎么耕田呢？他把剩下的一条腿拴在犁耙上，就这么耕。我就问，像这样一个家庭有最低救济吗？他说有，前天下来了，五块钱。我听了以后大吃一惊。后来在总理座谈会上我说，我们改革开放已经二十多年了，却连农村的救济制度都没建立起来，说不过去啊。几个月以后，中央和国务院就决定，从当年开始在农村全面实现最低救济制度。我真的特别特别高兴，不知道自己起了这份作用没有，至少我反映了我们农村的这样一种现状。

董 卿：所以改革的最终目的是让老百姓过上好日子，就这么简单。

迟福林：是的。

董 卿：从 1988 年开始，海南的改革也是一个前赴后继的过程。

迟福林：对。我的追求和梦想到今天都没有变。别人说我怎么整天就在工作？我感到不缺别的，就缺时间，时间越来越少了。许士杰书记病危弥留之际，在广州握着我的手，一定叫我给他讲讲当前的改革形势。医生和他的老伴三次要赶我走，他用手指比画，把他们赶出去。他最关心的就是改革能不能走下去，到底遇到了什么情况。我在他的病房里将近一个小时，他都说不出几句话。（哽咽）我几乎也是流着泪跟他讲着话。所以，别人称我“迟改革”的时候，我感到我还不够格，真的。（掌声）

　　我离开以后，没过几天他就走了。他们这一代人给我们树立了一种改革的榜样。我从来没有说自己受了委屈，受了痛苦，甚至在很大压力下说我不干了。这几十年，我从来没有说过这些话。前些年在北京经常有人逗我说：“迟福林，你又不是大臣，成天奏什么折子啊？”我说这是我的责任。我们一直把自己的使命叫“直谏改革”。

董 卿：对一个省来讲，三十年还很年轻；但是对一个人来讲，三十年，您就是从而立到花甲了。您怎么样来评价自己过去的这三十年？

迟福林：一个字，值！（笑）我总觉得海南真是一篇大文章。总书记到海南，宣布海南全岛建立自贸试验区，分阶段分步骤建立自由贸易港。我尽管已经到了花甲之年，但是我还相信，未来的十年或者二十年，我还会发挥自己应当发挥的那份作用！（掌声）

董　卿：我们在您身上感受到了“功成不必在我，功成必定有我”的情怀。您今天想要为大家读些什么呢？

迟福林：我刚才讲到的许士杰书记是一个文人，又是一个改革家。他写的《登高峰　颂椰树》今天看来仍然有很多启示，谨以此篇献给许书记，献给所有的天涯追梦人，献给改革新时代的奋斗者。

登高峰 颂椰树

许士杰

当你卸下了肩上的重担，轻松地漫步在风和日暖、空气清新的春郊,突然接受了一个十分艰巨而又分外光荣的任务时,心情是什么样?兴奋抑或担忧?

我接受了来海南参与建省、办大经济特区的任务，心情是复杂的，既极为兴奋又浮想联翩。

海南岛对我来说并不陌生。我曾到那里搞过调查研究，后来又在那里工作了七年，后期碰到“文化大革命”，被打倒在地，爬起来后离开了。那里有听惯了的蕉风椰雨，有亲切诚恳的眼睛，有敞开心怀的喁语，也有阴晴风雨，冷暖炎凉。但无论如何，我忘不了那耸立在村头路边、昂首云天、无私奉献的椰子树。

离开十六年，黑发变斑白之后，又到那里工作。过去种过小株密植的高产试验田，现在是去做另一种性质的“试验田”。我不会因未能像过去那样带着钢尺去量株行距而怅然，却因可以大胆试验而心情十分愉快。

现在，既不是去量株行距，也不是去春郊漫步，而是去爬一个山峰。出发的地方，不是山腰，而是谷底。虽然，远远望去，那苍翠的山头环绕着一抹淡淡的白云，美丽极了。但从低卑的山谷爬到那高耸的山峰，道路修长，且不平坦，某些地段是相当陡峭的，不可能一鼓作气冲上去，而要做相当长期的艰苦努力。汗水湿透衣背是不用说的了，中间可能还要喘口气，找个地方小憩。

目标很明确，道路也清晰，虽不笔直，但有路标指引，错不了。何况，登山的是一大伙，不是孤立的，后面还有密麻麻的一大群。信心当然十足，时间却不短暂。原来走在前头，会不会掉队落后，这很难说。我想，脚力尚好，也不蒙头转向，还不至于。

有雄心，不转向，又不需再上下而求索。但，既然道路修长，时间不短，我会在适当的时候，退出带头登高的行列，坐在路旁，当啦啦队，为继续前进者鼓劲，助威。

于是，我想，多从登山的实践中，摸索其规律，总结些经验，为后来者省点不必要的白费劲,提高点前进的速度。也想把队伍调整好，使这支登山队，步伐整齐，较为顺利地登上高峰。

在思考，在实践，在尽力而为。

在遍地是英姿飒爽、高耸云霄的椰子树的海南岛，无论是长途的旅行者，登峰的爬山者，当你口渴力疲时，得到一个椰子，削去那碧绿的外衣，找到那硬壳上的芽孔，插下一根管子，吸下清澈香甜的椰子水，一股甘美的清流，滋润了干渴的心田，疲劳为之顿消，精力因之充沛。

于是，我想，椰子树可能是鼓舞二十三年红旗不倒的精神力量，也是我们学习的榜样。

椰子树，从头到脚，从生前到死后，把全身无私地奉献给人间。我望到那满山遍野凌云挺拔的椰子树时，心情为之激荡不已，受到鼓舞，为之歌唱。于是作了一首《椰颂》，既以励已，也以励人。

玉立凌云飘秀发，
临风飒爽更多姿。

甘供琼露滋宾客，
愿献碧衣作幄帷。
香骨精雕倍眷恋，
柔丝织梦更相思。
挺身抗暴卫村落，
殷切频歌改革词。

原载于1988年4月5日《光明日报》

T A N G

J I A

S A N

S H A O

朗读者

唐家三少

1998年被人们称为“中国互联网元年”。那一年，新浪、搜狐等门户网站横空出世；那一年，马化腾在深圳创办了腾讯；那一年，刘强东在北京建立了京东。如今，互联网浪潮极大地影响和改变了我们的生活、我们的思维方式、我们的消费方式，甚至包括我们的阅读方式。互联网衍生出了一种新的文学形态——网络文学。据统计，到2017年年底，中国的手机网络文学用户已经达到了3.44亿，中国网络作家层出不穷，已占领一块不可忽视的文学领域。

唐家三少是中国网络作家当中极具代表性的一位，他是公认的最勤奋、最高产、最富有的一位作家，素有“网文之王”的称号。2004年，他开始在读写网创作处女作《光之子》。2005年5月，他成为起点中文网的签约作家之一。出道以来，唐家三少每日更新，从不断更。遇到周一、月初或节假日，还常有临时加更。几千个日夜持续不断的码字生涯，让他的颈椎严重受损。

努力勤奋的创作和远大独到的商业眼光为唐家三少带来了高额的收入，使他多次登上网络作家富豪榜榜首。他的实体书销量极好，《绝世唐门》总销量超过千万册。而且，他很早就懂得多版权运营，全品牌开发，他的作品几乎都被改编成了游戏、漫画或是影视剧，版权费收入可观。同时，个人品牌的打造、粉丝的培养和维护以及成熟的商业运作模式，也都是他首开先河。现在，唐家三少已俨然是网络文学界的旗帜和标杆，不可复制，难以超越。

董　卿：你比一般的读者可能更早一些接触到网络文学，这是不是和你的第一份工作有关啊？

唐家三少：对。我1998年进央视，做央视国际互联网的第一版。那个时候我们用“猫”，还要拨号33.6、512……我觉得可能现场很多观众都不知道这些。

董　卿：对，那时候网速非常慢。

唐家三少：那会儿哪怕不工作的时候，也不太愿意回家，愿意在单位上上网，看看小说，在聊天室聊聊天。

董　卿：“唐家三少”的名字就是那时候开始用的吗？

唐家三少：我当时起了四个网名，叫唐家大少、二少、三少、四少，同时开四个窗口，在一个聊天室里聊天。（全场笑）

董　卿：那你是什么时候开始接触网络文学的呢？

唐家三少：我看的第一部真正让我觉得是纯粹意义的网络小说，也算是我认为的网络文学里有标志性的作品，应该是痞子蔡的《第一次的亲密接触》。我很喜欢，因为我觉得特别新奇。他写的故事里面有好多都是我们网友的交流，用现在的话说就是有网性的网络小说。他的书出来了以后，渐渐地，一些早期的网络作家开始有了连载式的创作。最好的就是一周更新一次，一次写个一两章的，还有月更的，半年更的。我们那会儿有一种说法叫“太监小说”，就是写到一半人没了。

董　卿：那你是怎么从一个读者变成了一个作者的呢？

唐家三少：我自己一开始就是写着玩。我的第一部作品是《光之子》，

文章底下开始有网友回复。你会把那些不好的回复自动忽略，就看那些好的。然后你就会特别有信心，觉得还是有人喜欢看的。

董　卿：你的第一部小说《光之子》跟你自己的生活有关吗？

唐家三少：有关。男主角叫长弓威，女主角叫木子默，其实是把我和我爱人的名字拆开了。我跟我老婆是在网上认识的，应该算一见钟情。但是她属于比较慢热的人，我属于进攻性比较强的，我就给她写了第一封信，后来变成了见一次面写一封，再后来就是每天写一封。

董　卿：你这也属于日更吗？

唐家三少：差不多吧，给她写了很多情书，就当练笔了。

董　卿：小说《光之子》很快就得到了网友的认同。

唐家三少：对。当时在我们网站上它排第一，可能因为我每天更新，

所以大家就下意识地支持我。我那会儿经常开玩笑说，我是靠人品吃饭的。（笑）

董　卿：不过你这点实在是太了不起了，每天更新，整整十四年没有间断。你是怎么做到的？

唐家三少：我大概算算，我应该写了四千多万字，差不多平均每天写八千字。当我讲故事的时候，我会发现自己的状态和平时是不一样的。这个时候我是最兴奋的，是一种完全的享受。我印象最深刻也让我最有感触的是，我老婆生孩子，我陪她在待产的时候在写，我们新婚之夜还在写。我记得特别清楚，我三十岁生日那天发烧到四十一度多，我有种忽冷忽热的感觉，就是完全控制不了自己了。等到晚上缓过劲来的时候，我背后靠一个被子，把笔记本电脑架在腿上，用半躺着的姿势写。我那天写了六千字，写到十二点。

董　卿：每天一万字的更新速度，你的身体会受影响吗？

唐家三少：我职业病蛮多的，颈椎、腰椎都不太好。你看我的脖子到这儿就下不去了，到头了，这边到这儿。（演示）

董　卿：你是如此勤奋，但是唯独在 2015 年出现了一个例外。

唐家三少：那年的 11 月，我老婆跟我说，她右胸口的一个位置大概有个肿块。当时医生就跟我们俩同时说："疑似乳腺癌，先去做检查吧。"那一瞬间我就觉得"嗡"了一下。她才三十三岁啊。

我现在记得特别清楚，她手术的那天是 2015 年 12 月 3 日，应该是早上七点一刻进的手术室。医生先把肿块切除掉，如果是良性的，缝合上就可以出来了；如果是恶性的，就要做大手术。当我等到十二点的时候，我就知道，恐怕是不好。

那天她从手术室出来的时候是下午四点十五分。身上盖着绿色的单子，整个上身的一段裹满了纱布，外头全是管子，脸色蜡黄，双眼紧闭。我一直觉得自己是个挺强大的人，但在那一瞬间，我觉得自己没用。因为她躺着不能动，就开始腰疼，我想只要我能够帮她一点，就一定努力帮。我一开始坐在她床边，把手伸到她的腰下面给她揉，后来蹲在床边，最后跪在床边，一直到早上六七点。

董　卿：你就是在那个时候发了微博说你不写了？

唐家三少：不是。具体日子我记不清了，但应该是因为后面的一个事：我们俩刚交往的时候她是短发，她知道我喜欢长发，就一直留着头发。我们俩是1999年3月15日在一起的，到2015年在一起十六年了，她的头发已经过了膝盖。手术之后要化疗，她在我生日那天去理发店把头发编成辫子剪下来，装在一个盒子里送给我做生日礼物。那个时候我真的是在一种接近崩溃的状态。

董　卿：你发了微博说有可能写不下去的时候，你的读者有一些什么样的反应？

唐家三少：大多都是鼓励。但我不知道我还能不能写书。在她第一次化疗完过了一段时间以后，有一天我坐在电脑前，我想试试。当我把手放在键盘上，看着文档，尝试着去敲一个一个字的时候，我渐渐进入了状态。我突然发现，至少在写的过程中，我没那么难过。我才知道我能写十四年，不只是因为坚持，也是因为热爱。（掌声）

董　卿：你把生命当中体会到的这些艰难带到创作里了吗？

唐家三少：虽然这两年我经历了这么多痛苦，但是我真的不想把这些带给读者，所以我决定把这本书的名字从《为了你，我愿意放弃整个世界》改成《为了你，我愿意热爱整个世界》，因为我觉得我首先要表现出一个积极向上的情绪，这样我才能陪伴着她，用更加积极的态度去面对周围的一切。

董　卿：你今天想要为大家读些什么呢？

唐家三少：我今天为大家读一段金庸老先生的《笑傲江湖》吧。

董　卿：现在很多人把网络文学称为“键盘的江湖”。但凡有江湖的地方，想要立足，除了超凡的武功之外，还得有超凡的定力。

唐家三少：谨以此篇献给所有鼓励我创作的读者朋友们和我的妻子。

（编者补记：2018 年 9 月 11 日，唐家三少发布微博：“我的木子走了。”9 月 15 日是他们的结婚纪念日，唐家三少发文表示：“十四年零七个月，网络连载不断更，今日，为你而断。”用这种方式寄托哀思。十多万网友在微博下留言，向他致以哀悼，为他送去鼓励。9 月 26 日，唐家三少在微博回了一封信给书友，感激他们的温暖关心，表示自己已经恢复写作，并在最后写道：“我这一辈子到现在活了三十七年，感情上只爱过她一个人。我也要告诉你们，我的每一位书友们，我一直爱着你们，亦如你们爱我。”）

笑傲江湖（节选）

金　庸

这时岳灵珊出招越来越快，令狐冲瞧着她婀娜的身形，想起昔日同在华山练剑的情景，渐渐地神思恍惚，不由得痴了，眼见她一剑刺到，顺手还了一招。不想这一招并非恒山派剑法。岳灵珊一怔，低声道:“青梅如豆！”跟着还了一剑,削向令狐冲额间。令狐冲也是一呆，低声道：“柳叶似眉。”

他二人于所拆的恒山剑法，只知其式不知其名，适才交换的这两招,却不是恒山剑法,而是两人在华山练剑时共创的“冲灵剑法”。“冲”是令狐冲，“灵”是岳灵珊，是二人为了好玩而共同钻研出来的剑术。

令狐冲的天分比师妹高得多，不论做什么事都喜不拘成法，别创新意，这路剑法虽说是二人共创，十之八九却是令狐冲想出来的。当时二人武功造诣尚浅，这路剑法中也并没什么厉害招式，只是二人常在无人处拆解,练得却十分纯熟。令狐冲无意间使了一招“青梅如豆”,岳灵珊便还了一招“柳叶似眉”。两人原无深意，可是突然之间，脸上都是一红。令狐冲手上不缓，还了一招“雾中初见”，岳灵珊随手便是一招“雨后乍逢”。这套剑法，二人在华山已不知拆过了多少遍，但怕岳先生、岳夫人知道后责骂，从不让第三人知晓，此刻却情不自禁，在天下英雄之前使了出来。

这一接上手，顷刻间便拆了十来招，不但令狐冲早已回到了昔日华山练剑的情景之中，连岳灵珊心里，也渐渐忘却了自己此刻是已嫁之身，是在数千江湖汉子之前，为了父亲的声誉而出手试招，眼中所见，只是这个倜傥潇洒的大师哥，正在和自己试演二人合创的剑法。

令狐冲见她脸上神色越来越柔和，眼中射出喜悦的光芒，显然已将适才给父亲打了记耳光的事淡忘了，心想："今天我见她一直郁郁不乐，容色也甚憔悴，现下终于高兴起来了。唉，但愿这套冲灵剑法有千招万招，一生一世也使不完。"自从他在思过崖上听得岳灵珊口哼福建小调以来，只有此刻，小师妹对他才像从前这般相待，不由欢喜无限。

又拆了二十来招，岳灵珊长剑削向他左腿，令狐冲左足飞起，踢向她剑身。岳灵珊剑刃一沉，砍向他足面。令狐冲长剑急攻她右腰，岳灵珊剑锋斜转，当的一声，双剑相交，剑尖震起。二人同时挺剑急刺向前，同时疾刺对方咽喉，出招迅疾无比。

瞧双剑去势，谁都没法挽救，势必要同归于尽，旁观群雄都忍不住惊叫。却听得铮的一声轻响，双剑剑尖竟在半空中抵住了，溅出星星火花，两柄长剑弯成了弧形，跟着二人左手推出，双掌相交，同时借力飘了开去。这一下变化谁都料想不到,这两把长剑竟有如此巧法，居然在疾刺之中，会在半空中相遇而剑尖相抵，这等情景，便有数千数万次比剑，也难得碰到一次，而他二人竟然在生死系于一线之际碰到了。

殊不知双剑如此在半空中相碰，在旁人是数千数万次比剑不曾遇上一次，他二人却是练了数千数万次要如此相碰，而终于练成了的。这招剑法必须二人同使，两人出招的方位力道又须拿捏得分毫不错，双剑才会在迅疾互刺的一瞬之间剑尖相抵，剑身弯成弧形。这剑法以之对付旁人，自无半分克敌制胜之效，在令狐冲与岳灵珊，却是一件又艰难又有趣的玩意。二人练成招数之后，更进一步练得剑尖相碰，溅出火花。

当他二人在华山上练成这一招时，岳灵珊曾问，这一招该当叫作什么。令狐冲道：“你说叫什么好？”岳灵珊笑道：“双剑疾刺，简直是不顾性命，叫作‘同归于尽’吧？”令狐冲道：“同归于尽，倒似你我有不共戴天之仇似的，还不如叫作‘你死我活’！”岳灵珊啐道：“为什么我死你活？你死我活才对。”令狐冲道：“我本来说是‘你死我活’。”岳灵珊道：“你啊我啊的缠夹不清，这一招谁都没死，叫作‘同生共死’好了。”令狐冲拍手叫好。岳灵珊一想“同生共死”这四字太过亲热，一撒剑，掉头便跑了。

旁观群雄见二人在必死之境中逃了出来，实是惊险无比，手中无不捏了把冷汗，连那一声喝彩也都忘了。那日在少林寺中，岳不群与令狐冲拔剑动手，为了劝他重归华山门下，也曾使过几招“冲灵剑法”，但这一招却没使过。岳不群虽曾在暗中窥看二人练剑，得知冲灵剑法的招式，却并未花下心血时间去练这招既无聊又无用的“同生共死”。因此连方证、冲虚、左冷禅等人见到这一招时，也都大吃一惊。盈盈心中的惊骇，更不在话下。

只见他二人在半空中轻身飘开，俱是嘴角含笑，姿态神情，便似裹在一团和煦的春风之中。两人挺剑再上，随即又斗在一起。二人在华山创制这套剑法时，师兄妹间情投意合，互相依恋，因之剑招之中，也是好玩的成分多，而凶杀的意味少。此刻二人对剑，不知不觉之间，都回想到从前的情景，出剑转慢，眉梢眼角，渐渐流露出昔日青梅竹马的柔情。这与其说是“比剑”，不如说是“舞剑”，而“舞剑”两字，又不如“剑舞”之妥帖，这“剑舞”却又不是娱宾，而是为了自娱。

突然间人丛中“嘿”的一声，有人冷笑。岳灵珊一惊，听得出是丈夫林平之的声音，心中一寒：“我和大师哥这么打法，那可不对。”

长剑一圈，自下而上，斜斜撩出一剑，势劲力疾，姿式美妙已极，却是华山派“玉女剑十九式”中的一式。

林平之那一声冷笑，令狐冲也听见了，眼见岳灵珊立即变招，来剑毫不容情，再不像适才使冲灵剑法那样充满了缠绵之意。他胸口一酸，种种往事，霎时间都涌向心头，想起自己给师父罚去思过崖面壁思过，小师妹每日给自己送饭，一日大雪，二人竟在山洞共处一宵；又想起小师妹生病，二人相别日久，各怀相思之苦，但便在此时，不知如何，林平之竟讨得了她的欢心，自此之后，两人之间隔膜日深一日；又想起那日小师妹学得师娘所授的“玉女剑十九式”后，来崖上与自己试招，自己心中酸苦，出手竟不容让……

这许许多多念头，都是一瞬之间在他脑海中电闪而过，便在此时，岳灵珊长剑已撩到他胸前。令狐冷脑中混乱，左手中指弹出，铮的一声轻响，正好弹在她长剑之上。岳灵珊把捏不住，长剑脱手飞出，直射上天。

令狐冲一指弹出，暗叫一声“糟糕”！只见岳灵珊神色苦涩，似乎勉强要笑，却哪里笑得出来？当日令狐冲在思过崖上，便是以这么一弹，将她宝爱的“碧水剑”弹入深谷之中，二人由此而生芥蒂，不料今日又旧事重演。这些日子来，他有时静夜自思，早知那日所以弹去岳灵珊的长剑，其实是自己在喝林平之的醋，激情汹涌，难以克制，自不免自怨自艾。岂知今日听得林平之的冷笑之声，眼见岳灵珊神态立变，自己又旧病复发。当日在思过崖上，他一指已能将岳灵珊手中长剑弹脱，此刻身上内力，与其时相去不可道里计，但见那长剑直冲上天，一时竟不落下。

他心念电转：“我本要败在小师妹手里，哄得她欢喜。现下我却弹去了她的长剑，那是故意在天下英雄之前削她面子，难道我竟以这等卑鄙手段，去报答小师妹待我的情义？”一瞥之间，只见那长剑正自半空中向下射落，当即身子一晃，叫道：“好恒山剑法！”似是竭力闪避，其实却是将身子往剑尖凑将过去，噗的一声响，长剑从他左肩后直插了进去。令狐冲向前一扑，长剑竟将他钉在地下。

这一下变故来得突兀无比，群雄发一声喊，无不惊得呆了。

金庸是新派武侠小说家中的泰山北斗。他的代表作《笑傲江湖》创作于1967年，虽然名为《笑傲江湖》，却又是金庸笔下最不自由的江湖。嵩山比武的情节在整部小说中十分重要，因为它关系到整个武林的兴衰成败，唯一可以力挽狂澜的令狐冲，却又心心念念他的小师妹岳灵珊，故意输了比赛，让人读了以后既伤怀又感动。

——中国人民大学国学院教授　谷曙光

J I

J I

朗读者

吉吉

2008年8月8日注定会被载入史册。这一天，第二十九届夏季奥林匹克运动会在中国北京盛大开幕，当天晚上，已经传递了一百多天的奥运圣火也抵达了开幕式现场。而在此之前，奥运圣火在一百二十多个海内外城市传递，最引人注目的应该是它在珠峰被点燃的那一刻。奥运圣火站在了世界最高峰，也为现代奥林匹克历史留下了浓墨重彩的一笔。

当年奥运火炬珠峰传递的第一棒火炬手就是我国著名的女登山家吉吉。吉吉是西藏林芝人，1989年4月成为中国第一支女子登山队的首批队员，当年8月就登上了海拔6330米的唐拉昂曲峰顶峰。她性格倔强好胜，从不服输，敢于向男人挑战，向国内外同行挑战。她常年行走于冰峰雪岭之间，用双足征服了一座座高峰。

值得一提的是，吉吉的丈夫仁那也是非常优秀的登山运动员。由于他们对登山运动的特殊贡献，国际登山界将他们誉为“比翼双飞的雪山之鹰”。2005年，一场变故改变了吉吉的生命轨迹——仁那在准备攀登迦舒布鲁姆I峰的途中，突遭山体崩塌，不幸遇难。因为这场变故，家里人不愿意吉吉再接触这项危险的工作，然而她心中始终放不下丈夫，想要弥补他的遗憾。2007年7月，她登上了海拔8068米的世界第十一高峰迦舒布鲁姆I峰的顶峰，成为登顶此峰的首位女登山家。

董　卿：2008 年 5 月 8 日，奥运圣火在珠峰被点燃，这也是奥运历史上海拔最高的火炬传递。（屏幕播放 2008 年奥运圣火传递视频资料）再看十年前的这一刻，你是不是还是会觉得很激动？

吉　吉：是的。当时真的非常激动又非常紧张。我们几个火炬手提前到了，所以需要等一个小时。火炬传递真正快开始的时候，我的手和脚都已经麻了。我从火种灯里取火的时候，特别担心能不能点着，就用两手紧紧握着火炬。最后一棒是次仁旺姆。九点十六分，在海拔 8844.43 米上点燃了祥云奥运火炬。（掌声）

董　卿：包括你在内的这些火炬手是怎么选拔出来的呢？

吉　吉：我是在登山队女队里面实力比较强的，1999 年和 2005 年我登过两次珠峰。我们第一个阶段在北京以体能训练为主；第二个阶段在昆明训练，主要以负重为主；最后在拉萨做适应性训练。

董　卿：当时一共有多少备选的火炬手呢？

吉　吉：当时有三十六个火炬手。

董　卿：最后是从三十六个里面挑出了五名吗？

吉　吉：是的。到了山上以后，谁都不知道谁能上。但最让我感动的就是，三十六个火炬手，有的被安排到修路组，有一部分人是接应组，十二个是志愿组。所有的队员都有实力登上珠峰，但是他们无论干什么都没意见。

5 月 7 日晚上，王队长跟我说："吉吉，你明天是第一棒。"我当时真的很激动！那天晚上躺着吸氧，我一直在想明天该

怎么举火炬，几乎一宿没睡。

董　卿：最后火炬顺利到达了珠峰峰顶。大家都在那里欢呼、雀跃、合影、拥抱的时候，你心里在想什么？

吉　吉：1999 年，我丈夫和我一起登顶了珠峰。申奥成功后，我们两个商量，2008 年要共同传递奥运圣火。当时我在默默地告诉他，虽然你来不了了，但我替你完成了我们共同的心愿。

董　卿：1999 年你和丈夫仁那一起登上了珠峰。（看屏幕）这就是当时的情景。

吉　吉：我三次登顶珠峰，这是天气最好的一次。

董　卿：我觉得这真的是很让人羡慕——能够和自己相爱的人登上世界之巅，让珠穆朗玛峰见证你们两个人的爱情。

吉　吉：是的。1999 年登珠峰是为了第六届全国少数民族传统体育运动会的圣火采集。我们十个队员里，就我没有上过 8000 米以上的山峰，因此我压力很大。到 8700 米的时候，他在前面带我。离顶峰20 米左右的时候,他在上面等着我。我上去以后，我们俩手拉着手一起登上顶峰。我坐在那儿哭了半天，我们队长、总指挥长在对讲机里面喊："你们登顶了吗？""登顶了。""那你们是一起登顶的吗？""是一起登顶的。""你们拥抱了吗？""拥抱了。""你们亲了吗？""亲了。"（全场笑）

董　卿：你们俩是怎么认识的？

吉　吉：我从体工队转到登山队的时候认识他的，那年他才二十二岁，喜欢唱歌跳舞。有一次他住院了，我去陪护他。他做了胃部手术,我就每天煮一点面给他吃。那时候他感觉有自己的家了。

董　卿：我听说你们俩结婚的时候，你们的队友还给你们写了一副对联叫"一对比翼鸟，两位冒险家"，横批是"生死与共"。

吉　吉：（点头）我们俩从来没有吵过架，结婚将近十五年，感情一直很好。（流泪）

董　卿：他是在 2005 年遇难的，是吗？

吉　吉：是的。每年他们探险队出发的时候，我们藏族的习惯是为他们献哈达，那年我在珠峰执行任务，没法回去，我以为迦舒布鲁姆峰对他们来说难度不大，觉得他们一定会回来。5 月 28 日我在半路上接到通知，让我马上回拉萨参加一个活动。到拉萨以后，我看车子往北郊开了，就是去我们家了，我想到肯定出事了。所有的亲戚、领导都来了。当时问谁都不说，最后我哥哥告诉我，仁那在那边遇到滚石牺牲了。我昏过去好几次，心里真的受不了。我不敢告诉女儿，她那年才十一岁，其实她知道的。之前她经常会问："妈妈，爸爸什么时候回来？"从那次以后，她再也没有问过。

董　卿：很长很长一段时间，你都接受不了这个现实，是吗？

吉　吉：是的。到现在，晚上家里座机或者手机响了，我的第一个感觉是，会不会是他打过来的？感觉有一天他会推开家门，出现在我和女儿面前。我还天真地想，他真的回来的时候，能认识我们吗？

董　卿：对于你来讲，纪念他的一种很好的方法就是去登那些他登过的山，那个时候你可能会觉得是和他在一起？

吉　吉：对。我提出要求，迦舒布鲁姆Ⅰ峰能不能让我也去？因为如果他有什么遗憾的话，就是落了最后一座山峰。领导同意了。迦舒布鲁姆峰跟珠峰比真的是难度很大。

董　卿：它比珠峰的难度还要大？

吉　吉：是的。中国队的队员都没登过那座山峰，要从突击营到顶峰，连需要带多少绳子都不知道。当时我们带了八百米的绳子上去，越走越陡，结果没绳子了。当时我想，我不可能活着回去了。因为没有绳子，你上去了怎么下来？不过我感觉他一直在鼓励我，就是他给了我力量，所以我一直没有放弃。最终我把他的骨灰带到顶峰了。我就告诉他，你放心，我会好好把女儿抚养长大。

董　卿：现在，奥运火炬传递已经完成了，迦舒布鲁姆Ⅰ峰你也替他登上去了，你对未来还有什么样的愿望吗？

吉　吉：现在我是西藏登山队的总教练，就要培养新队员。登山虽然不是竞技项目，没有奖牌，没有鲜花，但是我们一定会把五星红旗插上顶峰，每个人都是这么想的，也都这么做到了。

董　卿：在那样一个极高极寒的地方，你用满腔的爱为我们留下了最温暖的家国记忆。谢谢你，吉吉。（掌声）你今天要为我们大家读些什么呢？

吉　吉：迟子建的《爱人》，献给我丈夫。

爱人

迟子建

爱人是两粒团聚在人间的尘埃，让家升起烟火；
爱人是两片汇集在天边的流云，共穿一件彩衣；
爱人是两朵并蒂的莲花，一样地心事透明；
爱人是两只情深意笃的白鹤，生生世世相守。
爱人是你走累时，一块可以歇脚的石头；
爱人是你悲伤时，一条可以擦拭泪痕的手帕；
爱人是你无人喝彩时，悄悄向你竖起的大拇指；
爱人是你落魄时，不离不弃的影子。
爱人是对镜梳妆时，心疼你鬓角白发的人；
爱人是浪迹天涯时，让你心头一热的乡音；
爱人是月夜下，能与你纵马驰骋的人；
爱人是废墟中，仍然呼唤着你乳名的人。
爱人是一枚切开的石榴，你流泪，他也心酸；
爱人是未被开启的贝壳，双双把甘美包裹；
爱人是雨夜的一盏台灯，使你看到枕畔的星光；
爱人是霜晨的一条棉被，让你的美梦不会被寒冷撕破。
爱人是惆怅时，能伴你起舞的夜曲；
爱人是孤独时，来你窗前歌唱的燕子；
爱人是远行时，在你耳旁千叮咛万嘱咐的人；

爱人是归航时，站在岸边向你含泪招手的人。

爱人是跋涉时，能拔除你脚底荆棘的人；

爱人是歇息时，轻轻拉着你手入睡的人；

爱人是你遭到误解时，射向谗言的锋利的箭；

爱人是永诀后，能用温馨回忆照亮你余生的人。

爱人啊——

就是彼此的天堂！

2009 年

迟子建执着于“人生有爱”“人间有情”，她以丰沛的创作实践一直在书写“温暖”和“爱”。迟子建的世界里永远都有温暖烛照，即使是身处最卑微之处，她也要倔强地为读者和自己点起微火。迟子建以自己对这块土地的热爱使读者相信这里的美好，以自己对世界的良善理解使读者相信人间的温良。

——天津师范大学文学院教授、评论家　张莉

L I N

M I N G

朗读者

林鸣

港珠澳大桥的全线通车，毫无疑问是2018年最令人关注的一个时刻。这座大桥连接着珠海、香港、澳门，集桥、岛、隧为一体，被人们称为“新世界七大奇迹之一”。林鸣作为这项世纪工程的岛隧总工程师，在过去的十几年内，将自己全部的心血都投注在了这座桥上。

近四十年的职业生涯里，林鸣走遍了大江南北，建起了众多桥梁。港珠澳大桥不是林鸣主持修建的第一座桥梁，却是难度最大的。它全长五十五公里，是当今世界最具挑战的超大型跨海工程。为满足航线安全、航道畅通、地形结构不被破坏、中华白海豚生存不受影响等种种制约条件，包含跨海大桥、人工岛屿、海底隧道的桥隧岛集群模式应运而生，这使得港珠澳大桥的施工面临着前所未有的困难与挑战。

整个工程历经六年的前期准备和九年的建设。十几年来，林鸣每天清晨五点从港珠澳大桥岛隧工程项目营地出发，到达伶仃洋上的淇澳岛，来回十多公里，风雨无阻。2018年10月24日上午九时，港珠澳大桥正式通车运营。当“一桥飞架南北，天堑变通途”终于变成现实，我们所看到的，不仅仅是林鸣这样的建设者们艰苦卓绝的探索，也是中国从桥梁大国向桥梁强国的一次伟大飞跃。

董　卿：从2001年到2009年，我们国家建成了四座跨海大桥，而港珠澳大桥被称为“奇迹”。

林　鸣：隧道可能是这个工程最有挑战的部分。我们的这个隧道叫沉管隧道，一百多年以来，在全世界一共也就建了大概不到两百个沉管隧道。它的风险是，整个建设全部都要在水底完成，你不能目测。港珠澳大桥的沉管规模很大，它的建筑环境在全球范围来看也是非常困难的。

董　卿：它是全世界唯一的深埋沉管隧道。

林　鸣：最深的地方要埋二十多米，埋在海床下。

董　卿：那就是水下得要有……

林　鸣：应该有四十多米吧。

董　卿：就是这样一个最困难、最复杂的工程，最后却是一个自主攻关的建设方向，这点其实是蛮出乎人的意料的。

林　鸣：被逼的。（笑）当时我们想，这个工程最好是跟外国公司共同合作完成。我们找到了全球很好的一家公司。谈价的时候，他们开始给我们的价格是十五亿，这个价格是非常难以接受的。

董　卿：您没有讨价还价吗？

林　鸣：当时我的想法就是把价格减到只付最最需要合作的部分。我就说，给他三亿。对方说，我给你们唱首祈祷歌。

董　卿：（笑）然后拂袖而去。

林　鸣：后面的决定就是，要自主，要靠自己去解决这个问题。这是

非常大的新挑战——从无到有，你要去走一条自己的路，要连续装三十三节管。

（屏幕播放港珠澳大桥工程相关视频片段：港珠澳大桥沉管隧道的施工需要将三十三节每节重达八万吨、长达两个足球场的钢筋混凝土管，在伶仃洋水下五十米深处安装成长达六点七公里的海底通道。这一项施工的技术难度堪比“海底穿针”。）

董　卿：三十三节，我们刚才看到的标号是 E1 到 E33。E1 也就是第一节，安装的时候，你们给它起了一个很浪漫的名字叫“深海初吻”，但是听说整个过程一点儿都不浪漫。

林　鸣：我就像新手上路一样，开一辆很大的车，没有教练坐在边上。E1 的安装做了九十六个小时。

董　卿：安装就做了九十六个小时？遇到了什么问题？

林　鸣：主要是回淤。我们挖了个槽以后，泥沙会沉淀。当时我们对这个问题认识不够，没有经验。管子放下去以后，发现跟我们预想的差了十多厘米。我们一下子就紧张起来了，非常担心基础出问题，又清理，又重新安装。第二次装好，我们已经干了八十个小时了。八十小时干完以后，管子放下去了，当时还差一些。各方很谨慎，又要求我们再重新装一次。人困马乏啊，因为再装的时候还是那班人，也没有第二班人替换。最后我们一共花了九十六个小时，五天四夜连续在海上奋战。

董　卿：五天四夜里您休息了吗？

林　鸣：我没有休息，我们不能休息的。（掌声）

董　卿：这才是第一个，后面还有三十二个。会不会有人就觉得这事可能干不了了？

林　鸣：那个时候我们的痛苦在哪儿呢？就是对我们自己研发的、攻关的外海沉管安装的成套技术有担心。E1 出了问题，E5 出了问题，E10 出了问题，E15 半年三次安装，两次拖回去。

董　卿：您心里是不是觉得这是老天在跟您较劲？

林　鸣：2015 年春节 E15 进行了第二次安装。可我说要拖回去时，我们那些指挥和现场的领导，眼泪就“哗”地流下来了。那种期待和失望来得那么强烈，很多人受不了。因为我们的付出太多，我们太认真、太期待了，结果它是这样一个雪崩式的回淤。

董　卿：您怎么去凝聚人心呢？

林　鸣：还是要通过成功，就是从困境当中尽快走出来。唯有成功，我们才能重塑信心。

董　卿：您有出现过扛不住的时候吗?

林　鸣：E7 装完以后，我记得我七点多到了工地，九点多，我的鼻子突然开始出血，堵不住。医生给我检查后说，这个出血要做手术。我说，能不能赶在七天内? 我后面还有安装。他说应该差不多。其实更大的出血是什么时候呢? 是拆线。一下子就是几百上千 CC 的血。我赶快自己指挥，紧急地把广东最好的医生弄过来，重新再做一次手术，就是第二次手术。四天做了两次全麻醉。做完以后第七天，又赶上一次安装，我就到现场去，没有休息。

董　卿：我们来看一下林总在工程前和工程后两张照片的对比。您大概瘦了多少?

林　鸣：有四十多斤吧。

董　卿：您不仅瘦了，而且也明显苍老了。

林　鸣：我喜欢我现在的样子，现在是不是智慧要多一点儿? （笑）

董　卿：我觉得您说您喜欢现在的样子，是您喜欢现在做成了这件事情以后您的样子。（掌声）我曾经看过一篇报道，有记者问您团队里的工程师：“港珠澳项目当中最大的困难是什么? ”他说，是林鸣总工程师。

林　鸣：有人这么说我吗? （全场笑）我想的就是，我们整个团队做一个与我们国家当今的发展、大国的地位相称的工程，就是做一流的工程。

董　卿：您的这种严苛标准在 E29 和 E30 对接接口的返工当中淋漓尽致地表现了出来。

林　鸣：这个接头的重量有六千多吨。5 月 2 日安装。五点五十三分，在伶仃洋的太阳升起的时候，我们的第一个指令开始。到夜里大概十二点完成安装。

董　卿：5 月 3 日有一则新闻，就是港珠澳大桥已经安全合龙，大家已经在庆祝成功了！

林　鸣：有个记者问我是什么心情，我说，在等待。等什么？就等测量的结果。结果等了一个晚上，没有结果。我开始意识到会不会有什么问题？我就给现场打电话。负责测量的同志讲话都不利索了："结果有点偏差。""偏差多少？"不敢讲。最后给我报告是十六厘米。我说，所有团队立刻到现场去，研究怎么办。大家一看，其实滴水不漏。

董　卿：所以十六厘米是在容错范围内的？

林　鸣：从水密、工程来讲应该已经算是成功了，包括国外的一些专家，我们征求他们的意见时，他们说："很好啊！"其实如果我们就这么算了，工程就结束了。但是我想，它一定是这个工程包括我们生涯的一个偏差。

董　卿：您最后决定拆掉、重新对接，有人支持您吗？

林　鸣：绝大多数人不支持。

董　卿：听说当时有很多外方工程师都已经买了机票准备回家了。

林　鸣：对，又被我抓回来了。我记得返工过程花了四十二个小时。我后来把它理解为考验——西天取经，最后给你一个考验。

最后我们调完了，我们认为的偏差应该是三厘米。测量结果很快告诉我们，有一端是不到一个毫米，有一端是二点几个毫米。这叫天道酬勤，是对整个团队的一个回报。（掌声）

董　卿：从十六厘米到二点几毫米，几十倍的差距，这个差距已经不仅仅是技术问题了。

林　鸣：我觉得是一种精神，其中包含我们的自信，包含我们的智慧。

中国因为有了港珠澳大桥工程，从一个沉管隧道的小国变成了世界沉管隧道领军国家之一。(掌声)

董　卿：伟大的时代能够造就伟大的工程，而伟大的工程也没有辜负伟大的时代。您今天想要为大家读些什么呢?

林　鸣：我想给大家读散文诗——《我喜欢出发》，谨以此篇献给港珠澳大桥的全体建设者和他们的家人。

董　卿：出发，抵达，再出发!

我喜欢出发

汪国真

我喜欢出发。

凡是到达了的地方，都属于昨天。哪怕那山再青，那水再秀，那风再温柔。太深的流连便成了一种羁绊，绊住的不仅有双脚，还有未来。

怎么能不喜欢出发呢？没见过大山的巍峨，真是遗憾；见了大山的巍峨没见过大海的浩瀚，仍然遗憾；见了大海的浩瀚没见过大漠的广袤，依旧遗憾；见了大漠的广袤没见过森林的神秘，还是遗憾。世界上有不绝的风景，我有不老的心情。

我自然知道，大山有坎坷，大海有浪涛，大漠有风沙，森林有猛兽。即便这样，我依然喜欢。

打破生活的平静便是另一番景致，一种属于年轻的景致。真庆幸，我还没有老。即便真老了又怎么样，不是有句话叫老当益壮吗？

于是，我还想从大山那里学习深刻，我还想从大海那里学习勇敢，我还想从大漠那里学习沉着，我还想从森林那里学习机敏。我想学着品味一种缤纷的人生。

人能走多远？这话不是要问两脚而是要问志向；人能攀多高？这事不是要问双手而是要问意志。于是，我想用青春的热血给自己树起一个高远的目标。不仅是为了争取一种光荣，更是为了追求一种境界。目标实现了，便是光荣；目标实现不了，人生也会因这一路风雨跋涉变得丰富而充实；在我看来，这就是不虚此生。

是的，我喜欢出发，愿你也喜欢。

可以说，二十世纪八十年代是一个充满激情、理想与浪漫的年代，诗歌对青年人的影响远远超过小说等文学形式。在无数写诗的青年人中，汪国真能够脱颖而出，完全在于他的诗本身的魅力。汪国真用他的诗轻轻叩开了年轻读者的心扉，让他们从他的诗中获得了一种对自我和生活的感悟与发现。在二十世纪九十年代初期，说“有华人的地方，就有汪国真的诗”绝不为过。那是一个属于汪国真的时代，长达二十五年的时间里，汪国真的诗歌不断被出版社出版、再版，诗集发行量创新诗出现以来中国诗集作品中的发行量之最。

——编剧、导演　窦欣平

C H E N
J I A
E R

朗读者

陈佳洱

陈佳洱曾是北京大学最有地位的人物之一，当了十二年副校长、三年校长，从 1955 年调入北大，他亲眼见证了北大的“半辈子”；他自称“一介书生”，与“两弹一星”等国家战略紧密相连，是中国加速器物理的领军人物。

陈佳洱生于二十世纪三十年代的上海，那时的中国山河动乱，风雨飘摇，人人自危。他的父亲是著名儿童文学作家陈伯吹，当时就教会他四个字——科技救国。中华人民共和国成立不久，年仅十六岁的陈佳洱就开始了他的大学生涯。父亲的一些朋友充满激情地建议他考到东北的大学去，就这样，陈佳洱进入了大连工学院电机系。后来因缘际遇，陈佳洱才走上物理研究之路。1955 年，陈佳洱被正式调入北京大学物理研究室。1956 年，陈佳洱开始研究加速器，用加速器产生的高能量粒子轰击原子核、变革原子核。1963 年，他被公派至牛津大学留学，后来又去了著名的卢瑟福实验室。

1966 年陈佳洱学成归国，正踌躇满志时，“文化大革命”开始了。在科学的漫长严冬中，陈佳洱被迁往陕西汉中北大分校。它远离城市，紧靠秦岭，交通极为不便。在这里，陈佳洱要垒护坡、养猪和修铁路，根本不知道什么时候才能重回研究之路。直到 1976 年，“文革”结束，陈佳洱回到北京。1978 年，具有里程碑意义的全国科学大会召开，科学的春天终于来了。

作为科学家，陈佳洱为我国开拓的发展低能加速器及相关应用做出了突出贡献；作为历史的亲历者，他见证了中国科技事业的曲折与腾飞。

（屏幕播放 1978 年全国科学大会视频资料：经过一年的筹办，1978 年 3 月 18 日到 31 日，盛况空前的全国科学大会在北京隆重召开。共有五千五百八十六名各界代表参加全国科学大会，邓小平在开幕式上做重要讲话。大会筹备期间，邓小平听取武汉大学查全性副教授的建议，恢复了高考。一大批学子得以通过知识改变命运。）

董　卿：您是亲历者，先跟我们大家说说当时的情景好吗？

陈佳洱：因为在全国科学大会后要定科学规划，当时中央让钱三强先生来负责，所以钱先生把我从汉中山沟沟里先调到北京来做原子核科学技术的规划。那次大会在我一辈子里都给我留下了非常深刻的印象。

董　卿：那个大会对您，对几乎所有的与会者来讲，都是一个巨大的转折点，邓小平做了一个重要讲话。

陈佳洱：我记得题目大概是叫“树雄心，立大志，向科学技术现代化进军”。他很明确地提出，国家的现代化关键就是科学技术的现代化。他重申了科学技术是生产力的马克思主义观点。他又讲到知识分子是社会的脑力劳动者，是劳动人民的一部分，要培养一批杰出的、世界一流的科学技术专家，特别是青年科学技术专家。当时我听了非常激动，听着听着流下了眼泪。

董　卿：很多杰出的科学家都参加了那次大会，像您的老师王大珩，像钱三强、钱学森、华罗庚、严济慈等，可以说大家又聚在

一起了。

陈佳洱：那是在大会上，因为主要听报告，下来是分组讨论。我分在北大和北医那个组，参会的有我们当时的周培源老校长，还有张龙翔校长。当时我发言说，由于“四人帮”我错过了最好的科学创造的年华，因为我那时候已经四十三岁多了。周老就说：“你看，他还说老了，让我们怎么说？”（全场笑）

董　卿：您是这里边最年轻的一位了！看得出所有人的表情都充满了喜悦。

陈佳洱：大家都普遍感觉到科学的春天来了，我们要好好干。我们憋着一肚子劲儿要打翻身仗，打翻身仗的劲儿就像火山一样迸发出来！

董　卿：1978 年中科院招了近千名研究生。那年中科大成立了中国第一个研究生院，严济慈先生担任院长。郭老去世之后，中科院又推选了化学家卢嘉锡先生成为新一任院长，有一大批科学家、专家重新走上了各个科研单位的领导岗位，真的是一派新气象。其实陈老自己是中华人民共和国成立之后的第一批公派留学生，1963 年您到了英国？

陈佳洱：第一批是中方出四个，英方出四个，两国互派访问科学家，北大推荐了我到牛津大学的原子核结构实验室，参加牛津大学串列加速器的调试工作。后来系里希望我搞等时性回旋加速器，那是世界上最先进的加速器，所以就把我从牛津大学接到卢瑟福实验室。

董　卿：卢瑟福实验室是全球顶级的实验室。

陈佳洱：我去了以后，劳森给我的题目非常难。他们做等时性加速器时发现离子束从离子源出来以后，百分之九十都没了。所以他要我研究清楚，这些离子跑哪儿去了。他们要考验一下中华人民共和国培养的青年科学家的能力究竟怎么样。所以我心里憋了一口气，我一定要给中国人争气！（掌声）

当时我设计了一个微分探针来探测微观空间里离子的运动规律，经过近一年终于搞清了离子的损失主要是因为两种机制——一种是从离子源出来的离子束的发射度跟整个加速器中心区域的接受度不匹配。我还发现了卢瑟福实验室的那种三个扇形的加速器有一种共振叫“越隙共振”，就是加速跟旋转耦合在一起产生的一种共振现象，所以一部分离子肯定要损失的，但是实验上没有人证明过这一点。

董　卿：当您把您的研究结果交给实验室的时候，他们是怎么说的？

陈佳洱：他们伸大拇指。（掌声）当时约翰·库普兰说：“You are king of harmonic acceleration（你是谐波加速之王）！”我把他的问题解决了。尽管我做得好，可他们认为，中国作为一个国家在科技上是落后的。有一件事情整个改变了他们的看法。那时英国正在大选，电视机里全是大选的新闻。突然，所有的屏幕都黑了，只打出两行字——中国今天爆炸了一颗原子弹！

董　卿：1964 年的……

陈佳洱：10 月 16 日。英国人都觉得非常突然。他们问我："你们是不是真爆炸原子弹了？"那时候我也吃不准，就连夜从牛津坐火车到伦敦，找了使馆的政务参赞沈平，他告诉我，真爆炸了。在我回来的路上，火车上的一个老太太跟我一个车厢，她就问我："你们现在有了原子弹了，你们是不是会发动第三次世界大战啊？"

董　卿：（笑）老太太还挺操心。

陈佳洱：我说，不会的，我们绝不首先使用原子弹，也不对没有原子弹的国家使用原子弹。那个时候，国际友人才对中国人有发自内心的尊重。

董　卿：其实陈老他们家可不只出了他这么一位科学家。陈院士的父亲陈伯吹先生是中国的儿童文学家，他的叔叔陈汝惠先生是作家、教育家，他的两位堂兄弟，陈佐洱先生是一位外交官，陈佐湟先生是音乐家。（掌声）

陈佳洱：我父亲跟我讲过，他如果不是那么穷的话，肯定上大学去念数学。他非常喜欢数学。我小的时候，父亲冒着雨带我去看《居里夫人》。我印象很深的场景是，八吨的沥青，她用手去淘，然后把溶液拿出来结晶，前后实验三千多次，结晶了零点一克镭。当时有人找她，告诉她可以申请专利，可以成为百万富翁。居里夫人坚决拒绝，她说："我的发明属于我的祖国，属于全人类。”她不仅没有申请专利，还写信给问她的人，告诉他们镭怎么做出来。

居里夫人得了两次诺贝尔奖，一次是物理学奖，一次是化学奖。我父亲也跟我讲：“你要像居里夫人那样对社会有所贡献，你这一生就没白活。”从那个时候开始，我都拿居里夫人作为我自己的榜样。

董　卿：居里夫人也曾经说过，科学本身具有伟大的美，所以她愿意为了科学的进步，为了人类的进步奉献出她的所有。陈院士说，他很愿意为大家朗读居里夫人一篇文章中的片段，同时他还邀请了我们国家的另外几位青年科学家和他一起用朗读的方式向科学致敬。

科学的春天是一个蓄势待发的非凡起点。到今天四十年过去了，我们已经拥有了“嫦娥”“神舟”“天宫”“蛟龙”“天眼”“复兴号”“墨子号”等一项又一项令世界瞩目的科研成果。回望历史是为了更好地走向未来，就像习近平总书记在国家科学技术奖励大会上所说的，中国要强，中国人民生活要好，必须有强大科技。就让我们在历史当中汲取力量和养分，在探索、追求、拼搏、奋斗的道路上迎接更多辉煌的十年！

我的信念

[法] 玛丽 · 居里

生活对于任何一个男女都非易事，我们必要有坚韧不拔的精神；最要紧的，还是我们自己要有信心。我们必须相信，我们对一件事情是有天赋的才能，并且，无论付出任何代价，都要把这件事情完成。当事情结束的时候，你要能够问心无愧地说："我已经尽我所能了。"

有一年的春天里，我因病被迫在家里休息数周，我注视着我的女儿们所养的蚕，结着茧子。这使我极感兴趣，望着这些蚕固执地、勤奋地工作着，我感到我和它们非常相似，像它们一样，我总是耐心地集中在一个目标。我之所以如此，或许是因为有某种力量在鞭策着我——正如蚕被鞭策着去结它的茧子一般。

在近五十年来，我致力于科学的研究，而研究基本上是对真理的探讨。我有许多美好快乐的回忆。少女时期我在巴黎大学，孤独地过着求学的岁月；在那整个时期中，我丈夫和我专心致志地，像在梦幻之中一般，艰辛地在简陋的书房里研究，后来我们就在那儿发现了镭。

我在生活中永远追求安静的工作和简单的家庭生活。为了实现这个理想，我一直竭力保持宁静的环境，以免受人事的侵扰和盛名的喧扰。

我深信在科学方面，我们是有对事而不是对人的兴趣。当皮埃尔 · 居里和我决定是否应在我们的发现上取得经济上的利益时，我们都认为这违反我们的纯粹研究观念。因而我们没有申请镭的专利，也就抛弃了一笔财富。我坚信我们是对的。诚然，人类需要寻求现实的人——他们在工作中，获得最大的报酬。但是，人类也需要梦想家——他们在一件忘我事业的进展中受到了强烈的吸引，使他们没有闲暇，也无热诚去谋求物质上的利益。我的唯一奢望是在一个自由国家中，以一个自由学者的身份从事研究工作。我从没有视这种权益为理所当然的，因为在二十四岁以前，我一直居住在被占领和蹂躏的波兰。我估量过法国自由的代价。

我并非生来就是一个性情温和的人。我很早就知道，许多像我一样敏感的人，哪怕只是受了一言半语的呵责，便会过分懊恼，他们会尽量隐藏自己的敏感。从我丈夫温和沉静的性格中，我获益匪浅。当他猝然长逝以后，我便学会了逆来顺受。我年纪渐老了，也愈会欣赏生活中的种种琐事，如栽花、植物、建筑，对诵诗和眺望星辰，也有一点兴趣。

我一直沉醉于世界的优美之中，我所热爱的科学，也不断给我展示崭新的远景。我认定科学本身就具有伟大的美。一位从事研究工作的科学家，不仅是一个技术人员，他还是一个小孩，在大自然的景色中，他好像迷醉于神话故事一般。这种魅力，就是使我终生能够在实验室里埋头工作的主要原因了。

（剑捷　译）

居里夫人是一位杰出的科学家，曾两度摘取诺贝尔奖的桂冠。很多人在儿童时代就听过她的故事，她的影响早已超出科学领域，她的名字也逐渐成为一种精神象征。居里夫人一生清贫，科学研究大都是在极其简陋的条件下完成的。她从无热诚去谋求物质上的利益，即使功成名就之后，金钱与荣誉如潮水般涌来，她也毫不在意。《我的信念》是一篇动人的独白，如她本人一般散发着理想主义的光辉。我们看到一个沉醉于科学魅力的居里夫人，她专注忘我，平静愉快。

——编者

认识到自己的无知

[法] 蒙田

世上许多弊端，或者说得更大胆，世上所有弊端的产生都在于我们害怕暴露自己的无知，我们被迫接受自己无法驳斥的事。我们谈到一切事物都对照教条和禁令。在罗马法庭的文件里，就是证人亲眼目睹的事情，法官根据确凿无疑的案情做出的判决，也是以这样的形式拟文："我认为"。有人非要把可能的事说成确定的事，就会使我对可能的事也不想听。我喜欢这些字眼："也许""在某种情况下""据说""我认为"诸如此类缓和语气、减轻唐突的话。

我若教育孩子，就会让他们养成这样回答的习惯，不是决定式的，而是询问式的："这什么意思？我不明白。可能是这样。真有这回事吗？"宁可他们六十岁时还保持学徒的模样，不要十岁时装出博学之士的派头，像他们现在这样。谁要治愈无知，先要承认无知。彩虹女神伊里斯是奇术师陶玛斯的女儿。惊异是一切哲学的根本，探索是进步的基础，无知则是死胡同。从中也可看出，有一种强烈探索愿望的无知，在荣誉与勇气方面绝不输于追求学问，理解这样的无知并不比理解学问更少学问。

我们与生俱来的无知，经过我们长期的探索，得到了肯定和证明。真正有知识的人的成长过程，就像麦穗的成长过程：麦穗空的时候，麦子长得很快，麦穗骄傲地高高昂起；但是，当麦穗成熟饱满时，它们开始谦虚，垂下麦芒。同样的，人经过一切尝试和探索后，在一大堆洋洋洒洒的学问知识中，找不到一点扎实有分量的东西，发现的只是过眼烟云，也就不再自高自大，老老实实承认人的天然地位。

（马振骋　译）

（本文由浙江大学数学系教授蔡天新朗读。）

蒙田从不把自己的作品看作传世之作，他在《告读者》的开篇就已指出：他写此书的目的是奉献给自己的亲友，以便他们日后能够重温他的为人和个性的一些特征，由此而获得对他更全面、更真切的了解。蒙田也不把自己的作品看作定型之作，他总认为自己是在不断探索，不断尝试，也不断改变自己。

——翻译家　黄建华

哥德巴赫猜想（节选）

徐 迟

要想懂得哥德巴赫猜想是怎么一回事，只需把早先在小学三年级里就学到过的数学再来温习一下。那些 12345，个十百千万的数字，叫作正整数。那些可以被 2 整除的数，叫作偶数。剩下的那些数，叫作奇数。还有一种数，如 2、3、5、7、11、13 等等，只能被 1 和它本数，而不能被别的整数整除的，叫作素数。除了 1 和它本数以外，还能被别的整数整除的，这种数如 4、6、8、9、10、12 等等就叫作合数。一个整数，如能被一个素数所整除，这个素数就叫作这个整数的素因子。如 6，就有 2 和 3 两个素因子。如 30，就有 2、3 和 5 三个素因子。好了，这暂时也就够用了。

1742 年，哥德巴赫写信给欧拉时，提出了：每个不小于 6 的偶数都是两个素数之和。例如，6=3+3。又如，24=11+13 等等。有人对一个一个的偶数都进行了这样的验算，一直验算到了三亿三千万之数，都表明这是对的。但是更大的数目，更大更大的数目呢？猜想起来也该是对的。猜想应当证明。要证明它却很难很难。

整个十八世纪没有人能证明它。

整个十九世纪也没有能证明它。

到了二十世纪的二十年代，问题才开始有了点儿进展。

很早以前，人们就想证明，每一个大偶数是两个“素因子不太多的”数之和。他们想这样子来设置包围圈，想由此来逐步、逐步证明哥德巴赫这个命题一个素数加一个素数（1+1）是正确的。

1920 年，挪威数学家布朗，用一种古老的筛法（这是研究数论的一种方法）证明了：每一个大偶数是两个“素因子都不超过九个的”数之和。布朗证明了：九个素因子之积加九个素因子之积（9+9），是正确的。这是用了筛法取得的成果。但这样的包围圈还很大，要逐步缩小之。果然，包围圈逐步地缩小了。

1924 年，数学家拉德马哈尔证明了（7+7）；1932 年，数学家爱斯斯尔曼证明了（6+6）；1938 年，数学家布赫斯塔勃证明了（5+5）；1940 年，他又证明了（4+4）。1956 年，数学家维诺格拉多夫证明了（3+3）。1958 年，我国数学家王元又证明了（2+3）。包围圈越来越小，越接近于（1+1）了。但是，以上所有证明都有一个弱点，就是其中的两个数没有一个是可以肯定为素数的。

早在 1948 年，匈牙利数学家兰恩易另外设置了一个包围圈。开辟了另一战场，想来证明：每个大偶数都是一个素数和一个“素因子都不超过六个的”数之和。他果然证明了（1+6）。

但是，以后又是十年没有进展。

1962 年，我国数学家、山东大学讲师潘承洞证明了（1+5），前进了一步；同年，王元、潘承洞又证明了（1+4）。1965 年，布赫斯塔勃、维诺格拉多夫和数学家庞皮艾黎都证明了（1+3）。

1966 年 5 月，像一颗璀璨的信号弹升上了数学的天空，陈景润在中国科学院的刊物《科学通报》第十七期上宣布他已经证明了（1+2）。

自从陈景润被选调到数学研究所以来，他的才智的蓓蕾一朵朵地烂漫开放了。在圆内整点问题、球内整点问题、华林问题、三维除数问题等等之上，他都改进了中外数学家的结果。单是这一些成果，他那贡献就已经很大了。

但当他已具备了充分依据，他就以惊人的顽强毅力，来向哥德巴赫猜想挺进了。他废寝忘食，昼夜不舍，潜心思考，探测精蕴，进行了大量的运算。一心一意地搞数学，搞得他发呆了。有一次，自己撞在树上，还问是谁撞了他？他把全部心智和理性统统奉献给这道难题的解题上了，他为此而付出了很高的代价。他的两眼深深凹陷了。他的面颊带上了肺结核的红晕。喉头炎严重，他咳嗽不停。腹胀、腹痛，难以忍受。有时已人事不知了，却还记挂着数字和符号。他跋涉在数学的崎岖山路，吃力地迈动步伐。在抽象思维的高原，他向陡峭的巉岩升登，降下又升登！善意的误会飞入了他的眼帘。无知的嘲讽钻进了他的耳道。他不屑一顾；他未予理睬。他没有时间来分辩；他宁可含垢忍辱。餐霜饮雪，走上去一步就是一步！他气喘不已，汗如雨下。时常感到他支持不下去了。但他还是攀登。用四肢，用指爪。真是艰苦卓绝！多少次上去了摔下来。就是铁鞋，也早该踏破了。人们嘲笑他穿的是通风透气不会得脚气病的一双鞋子。不知多少次发生了可怕的滑坠！几乎粉身碎骨。他无法统计他失败了多少次。他毫不气馁。他总结失败的教训，把失败接起来，焊上去，做登山用的尼龙绳子和金属梯子。吃一堑，长一智。失败一次，前进一步。失败是成功之母，成功由失败堆垒而成。他越过了雪线，到达雪峰和现代冰川，更感缺氧的严重了。多少次坚冰封山，多少次雪崩掩埋！他就像那些征服珠穆朗玛峰的英雄登山运动员，爬啊，爬啊，爬啊！恶毒的诽谤，恶意的诬蔑像变天的乌云和九级狂风。而热情的支持为他拨开云雾，明朗的阳光又温暖了他。他向着目标，不屈不挠；继续前进，继续攀登。战胜了第一台阶的难以登上的峻峭；出现在难上加难的第二台阶绝壁之前。他只知攀登，在千仞深渊之上；他只管攀登，在无限风光之间。一张又一张运算的稿纸，像漫天大雪似的飞舞，铺满了大地。数字、符号、引理、公式、逻辑、推理，积在楼板上，有三尺深。忽然化为膝下群山，雪莲万千。他终于登上了攀登顶峰的必由之路，登上了（1+2）的台阶。

他证明了这个命题，写出了厚达二百多页的长篇论文。

选自人民文学出版社《哥德巴赫猜想》

（本文由中山大学天文与空间科学研究院院长李淼朗读。）

宣传陈景润，为知识分子正名，从而树立一个典型的新时期知识分子形象，在当时的环境下，是具有突破性意义的。在“四人帮”刚倒台不久，中央还没有提出彻底否定“文化大革命”的时候，《猜想》就敢于为知识分子说话，是开风气之先的。据我所知，八十年代初期中央有关领导在一次全国性的内部会议中专门提到，打倒“四人帮”之后，在中国的思想解放潮流中，《哥德巴赫猜想》起到了突破和推动作用。这个评价很高。我记得徐迟在八十年代初期编辑他的一本作品集的时候，特别在这本集子的后记中写道：“应《人民文学》的召唤，写了一篇《哥德巴赫猜想》。这时我似乎已从长久以来的冬蛰中苏醒过来。”这段话中的“苏醒”用得非常贴切，这也正是《猜想》产生的巨大的社会效应和历史价值的原因，因为它触动了人的敏感神经，把人们积压已久的愤懑说了出来，这也体现了徐迟作为一个报告文学作家

的政治敏锐性。

——原《人民文学》常务副主编、
《哥德巴赫猜想》责任编辑　周明

这就是我想寻找的，人与人之间的光（节选）

郝景芳

我为什么一直写作呢？

这么多年，我一直想寻找的，是人群缝隙中的一点点微光。我常常不满意于阅读中读到的对人性的理论，似乎人都是对生理欲望、物质利益、权力和名声追逐的动物，似乎爱也只是生物繁殖的掩饰。于是我常常想寻找那些被理论所遗漏的东西，人群缝隙中的光。

我有时候会想，什么是每天萦绕在人心上的东西呢？固然有一部分是我们的长远目标、理性计划，但往往每天在心里挥之不去的，是另外一些更精细、琐碎、说不清道不明的感受。例如给家人打了一个电话之后心里的纠结，例如偶尔听到朋友说的一句关于自己的话，例如在社交场合欢声笑语中突然感到的隔膜。那些时刻的感受，会比长短目标更在心头萦绕。

为什么会如此？

或许是因为，对于人来说，最重要、最留意的实际上是自己内心的思绪，是自己的思绪向外界传输的过程中遭遇到的共振和反驳，是自己的思绪与他人和世界的连接。能有这种连接，人的内心会感到巨大的欣慰，而如果无法建立连接，或者自己期望的思绪连接被切断，人的内心会有很大的失落和恐慌。

说到底，任何一个人都只是一个孤独的信号发送站。

这种细微的感受，是我这么多年写作一直想寻找的东西。我很少遇到同路人，也很少去写更受欢迎的冒险经历、婚恋冲突、宫廷斗争。我一直在写孤独个体对自身的感受和与世界的连接。这种关注不大容易遇到同路人。

但就在上周，在瑞士雪山脚下，我遇到一个用同样思路看世界、讲故事的人，他和我的关注点非常相似，但他比我做到的程度好得多，讲的故事也更动人，令我钦佩不已。

他是一个摄影师，叫普拉东 · 安东尼乌，我先给大家讲几个他分享的故事。

第一个故事，来自拳王阿里。

普拉东去给阿里照相的时候，阿里已经帕金森综合征很久了。普拉东照相的时候，阿里也一直在抖。普拉东在最后时分问阿里，这么多年，你是怎么做到这么强大的？

阿里用非常小的声音，在普拉东耳边说："告诉你一个秘密，我并没有人们以为的那么强大。"他顿了顿，又接着费力地说，"是人们通过我，看到了他们自己的力量。"

之后只过了几天，阿里就去世了。这是他死前最后一次摄影。

第二个故事，来自斯蒂芬 · 霍金。

普拉东去给霍金拍照的时候，霍金的精神状态并不好，眼皮一直是睁不开的状态，他的围巾下面全是针眼，每天都需要注射多次针剂，以维持眼睛下面仅有的一小块活跃肌肉活跃。就连这仅有的一小块肌肉，也在慢慢萎缩中。

普拉东快要离去的时候，问霍金 :“您能不能再给我一个词，表明一下您想对这个世界说的话？”

他的护士说 :“对不起，摄影师先生，霍金先生已经很累了，他恐怕完成不了了。另外，他眼睛下面的肌肉也在萎缩，最近经常出错，可能他也做不到。”

普拉东正在收拾东西想走的时候，突然听见屏幕上光标的声音，他和护士都停下来看，看到霍金靠眼睛下面那一小块肌肉指挥的光标在移动，最后停留在“W”上面。

护士还是说 :“不好意思，霍金先生最近打字经常不受控制，有的时候打出来的字是没意义的。”

普拉东正在犹豫，光标又动了。第二次，停留在“O”上面。过了一会儿，光标又动了。最后停留在“W”上面。

哇（WOW）。

霍金对这个世界发出的词是惊叹。

普拉东说，这样一个全身都无法行动的人，内心中对于整个宇宙的感觉是惊叹，像孩子一样发出“哇”。他的心是自由的。

第三个故事，来自一个普通的女人。

她的丈夫是美国军人，死在了中东战场。美国军队将她丈夫的所有物品打包为她送回了家。她一直把那个箱子放在床底下，没有拆开。

普拉东为军队拍了一系列照片，也来到她的家里。拍了她家的照片之后，普拉东问她，你还是不想把那个箱子打开吗？她说，摄影师你等一下，我今天想把我丈夫的箱子拆开。我一个人的时候总是没有勇气拆开，今天你在这里，你陪我一起拆开吧。

等到箱子拆开，女人把丈夫的衣服拿出来，突然就哭了。

普拉东过去安慰她。

女人说："摄影师先生，您一定不知道我是为什么哭。"

她哽咽了一会儿平静了一点，说："他们把他的衣服洗了。可我还想闻闻他的味道。"

（本文由中国科学院光电研究院研究员徐颖朗读。）

在后"三体"时代日渐浮嚣的中国科幻中，景芳的作品并不大张旗鼓吆喝，但总是吸引你去聆听。摇曳多姿、细腻唯美的感性笔触下，有着对世界的冷峻洞察和理性思索，而更深处是一种坚定的力量感，这并非单纯是科技发明的力量，而是精神追求自身的完满、充沛与坚韧。

——科幻作家　宝树

故　乡

Hometown

故乡，是我们年少时想要逃离的地方，是我们年老时想回可能已经回不去的地方。故乡，是清明的那炷香，是中秋的那轮月，是春运时的那张车票，是不经意间流露出的口音。故乡是屈原的秭归，那里有楚国宗祖，“洞庭波兮木叶下”；故乡是卡夫卡的布拉格，虚幻又现实，欲说还休；故乡是木心的乌镇，“五十年不闻乡音，听来乖异而悦耳，麻痒痒的亲切感”。

当我们终于不知疲倦，山一程，水一程，渐行渐远，才发现，故乡是根本剪不断脐带的血地，断了筋骨，连着血脉。故乡，是起点，是终点，是即便永远回不去，也依然是故乡的那个地方。

在文学的世界里，有太多关于故乡的描述。“举头望明月，低头思故乡”，那是一份想念；“停船暂借问，或恐是同乡”，那是一份亲近。当有一天我们走得很远，走得很久，会发现故乡就像是妈妈缀扣子的针线，穿透了我们的心胸。在我们每一个人的心里，都会有一个或者若干个故乡。地域的故乡，安放我们的身体；精神的故乡，安放我们的灵魂。

故　乡

Hometown

走进

朗读亭

Reading

Pavilion

朗读亭给现代人一个面对自己的机会，你看到的大多数人实际是在对自己的灵魂倾诉。

朗读者　陆川（导演）

把朗读还原到我们的日常生活里，这是我最希望看到的。

朗读者　毕飞宇（作家）

朗读亭很像一个社会情感采集器。我感谢所有走进朗读亭的那些人，他们出于信任走进去，走进去之后，他们打开了自己。

朗读者　董卿（主持人、制片人）

《朗读者》里朗读的文字可以启迪人的思维，鼓舞人的士气。我也是朗读者之一，我现在用长沙话来朗读毛主席的长征诗——《七律·长征》。

红军不怕远征难，万水千山只等闲。

五岭逶迤腾细浪，乌蒙磅礴走泥丸。

金沙水拍云崖暖，大渡桥横铁索寒。

更喜岷山千里雪，三军过后尽开颜。

朗读者　袁隆平（中国杂交水稻之父）

朗读是天底下极其美妙的声音，朗读是生命对文本的全方位贴近，文学语言经过抑扬顿挫的朗读，产生很大的魅力。

今天一早醒来，我感到屋子里有一种奇特的光亮。光亮来自一个小小的木窗，我在床上就能看到窗口，一眼就惊呆了。一道从未见过的雄伟山脉正在窗外。清晨的阳光，照着高耸入云的山壁，无比寒冷又无比灿烂。我赶紧穿衣来到屋外，一点不错，喜马拉雅。我知道，喜马拉雅背后就是我的父母之邦，我正是为了对比，才投入对其他文明遗址的考察。

朗读者　余秋雨（作家）

（本期节目于 2018 年 8 月 4 日播出）

Readers

B　A　I

Y　A　N

S　O　N　G

朗读者

白岩松

1968 年，白岩松出生在内蒙古，在呼伦贝尔大草原上长大。那个地方正如歌中所唱，有“草原的清香，让他在天涯海角也从不能相忘”。十岁那年，他第一次来到北京，仿佛来到了一个新世界。在这之前，他没有勾画过自己的未来，也不知道未来自己会走向何方。

十七岁，白岩松考入北京广播电视学院新闻系，离开家乡来到北京。那时正值中国改革发展的年代，到处涌动着理想主义的气息。那时候的他喜欢朦胧诗和摇滚乐，本想在毕业后创办一份流行音乐报纸，却阴差阳错被央视相中，参与创办和主持电视新闻杂志节目《东方时空》。1993 年 5 月 1 日，《东方时空》开播。这档节目充满活力，贴近观众，受到人们的喜爱。它意味着一次重大的变革——电视人开始站在与观众平等的位置上看待新闻，“宣传变成传播”。白岩松也因为这个节目声名远扬，他以博学、睿智和理性著称，时常以眉头紧蹙、不苟言笑的面孔出现在电视荧屏中。

算起来，白岩松已经当了二十五年新闻人。他先后参与了《新闻会客厅》《新闻周刊》《新闻 1+1》等节目的策划与制作，他以充满情感的表达、犀利的话锋和有深度的思考为新闻栏目开辟了一条全新的道路。在中国，他已是最有影响力的电视节目主持人之一。

2013 年，白岩松当选政协委员。他仍然延续了以往主持节目时的风格。他以一个记者敏锐的观察力和判断力，看准问题，提出建议，锲而不舍地做他认为对的事。

董　卿：岩松，欢迎来到我们节目当中。应该说你也是回家，因为 2016 年《朗读者》还在酝酿的时候，岩松就是我们的策划人。

白岩松：所以我说，别人是来朗读的，我的第一任务是，我得来给董卿加油啊！（笑）

董　卿：今天聊的主题是“故乡”。前几天你给我看了一张照片，我们和观众一起来分享一下。

白岩松：背后的这一片废墟就是我出生一直到十七岁的家。现在它已经是一片平地了。但是就在背后的这个家，我爷爷在这儿去世，我父亲在这儿去世，我姥姥在这儿去世。当然，我姑姑在这儿出嫁，我和我哥哥在这儿考上大学。十七岁之前整个世界是我从这儿陆续看到和了解到的。

董　卿：1985 年你十七岁，离开了老房子，也就是离开了故乡，来到北京求学。

白岩松：走的时候是欢蹦乱跳的，因为你的眼睛当中只有前方或者你的未来。你充满着好奇，恨不得连“拜拜”都懒得说。后来我岁数大了一点，突然有一句话在我脑海中跳出来：故乡是什么？你年少的时候天天想离开，但是岁数大了天天想回去的地方就是故乡。（掌声）

董　卿：你那个时候到了北京，觉得它和故乡最大的反差是在什么地方呢？

白岩松：我进了大学之后，我的一个同学问我：“你是哪儿的？”我说我是内蒙古的。她下意识的反应就是问：“那你怎么来的？”

这时候我觉得我幽默一下吧，我说："我是骑马来的。"那个女同学特认真地扑闪着大眼睛说："那得骑了几天呢？"（全场笑）那一瞬间我意识到，我的家乡对于别人来说是特别遥远的地方。

董　卿：当你后来大学毕业要留在北京工作了，可能是真正要和故乡做一个告别的时候。

白岩松：我印象非常深的是在1993年，目前我五十岁，那时正好是生命的一半，二十五岁。我回老家补办了一个简单婚礼后，坐火车要回北京。火车即将要开的时候，我妈赶到了，我看着她急匆匆地过来。我突然第一次明白，这次我是真的要离开家了，回了北京就会有一个自己的小家。那一瞬间的感觉是，原来风筝一直有根线在母亲的摇把这儿，那一天剪断了。火车刚一开动，我就开始号啕痛哭。我估计我夫人看到那一幕都蒙了。

董　卿：跟故乡的告别里，会有一部分记忆是跟母亲的告别吗？

白岩松：当然。我妈一个人把我们哥俩带大。那天中午我路过厨房看了一眼，我发现其实我妈在做菜的时候，自己在掉眼泪。但是她一见我就假装没事人一样，我也假装没看见。很多年后我读到了一句话：每一次离别都是一次小型的死亡。我觉得写得太好了。

董　卿：在离开故乡之后，你会经常想念它吗？

白岩松：离开故乡一直到三四年之后，我在忙这个忙那个，比如《东方时空》创办……我以为故乡真的就是一个遥远的地方。大约是 1996 年、1997 年，我当时在《东方之子》栏目，要去采访斯琴高娃大姐。我们一群内蒙古的人就聚在了一起，腾格尔很自然地把钢琴盖掀开了，开始弹《蒙古人》。旁边正好是中央民族大学的中国著名舞蹈家奥登格日勒，很自然地开始跳。斯琴高娃大姐就开始哼。那一瞬间我就跟被雷打了一样。原来风筝线没断，一直还在。我泪如雨下，旁边的人好像特别理解，过来拍拍我肩膀，抱抱我。隔了一会儿，我见他们有的人也在哭，大家都哭得很痛快，哭得很舒服。现在回忆起来，那一天对我非常重要，我再次确认，我又回来了。

董　卿：那个下午你突然感觉到故乡回来了？

白岩松：对。现在流行一句话，叫“走得太远，别忘了当初为什么出发”，我说，起码得先保证走得再远也别忘了当初在哪儿出生，在哪儿成长。从那一天开始，我好像不再是一个惶惶不可终日、天天忙得稀里糊涂倒头就睡的人了。回头的地方越清晰，向前走的路就会越坚定，这可能就是故乡的意义。

我有一个老同事，好多年前他写过一篇文章，里面提到，他出国总觉得哪儿不对。回国一到机场，他取完行李，干的第一件事不是先回家，而是直奔他平常总去吃的那家牛肉面馆，要了两碗面，吃了一碗半，抹着嘴拎着箱子回家了。关键是这篇文章最后有一句话：原来爱国首先是爱家门口的那碗牛肉面。（掌声）

董　卿：你现在还经常回故乡吗？

白岩松：我觉得频率在增加。有的时候你突然觉得草原好像也是包括董卿在内的很多中国人的故乡。去年好多朋友跟我一起回呼伦贝尔，有一天晚上我们住到了大兴安岭里。仰望星空，满天的繁星密密麻麻的，亮的近，暗的远，每一个层次都是立体的。隔一会儿大家都没声音了，就在那儿仰着头看。那个时候你会觉得，草原也好，森林也好，星空也好，的确是原乡。

马头琴在什么时候响起来？都是在傍晚，男主人放了一天牧回来，女主人在蒙古包外正在点牛粪烧火，准备做饭。可能有的男主人就拉起马头琴，你会看着太阳一点一点地落山。就在那一瞬间，你也就理解了内蒙古的音乐为什么是悠长的。我觉得内蒙古音乐的骨子里头是忧伤的，但是这种忧伤不是难过，是任何一个人站在草原上看着太阳落山，都会觉得自己太小了。

董　卿：你现在回去还觉得自己是个过客吗？

白岩松：我觉得依然是。有的时候我觉得回去像充电，待完之后好像你就又有劲儿回来了。

董　卿：我们可以看看岩松回到草原时的状态是什么样的。（看屏幕）张开双臂。其实我觉得这个时候，最舒服的姿势应该是直接躺下。

白岩松：对，我们经常躺下。董卿做《朗读者》，一定要以将来去一趟呼伦贝尔作为对自己的奖赏。

董　卿：你现在把北京看作第二故乡吗？

白岩松：我很喜欢北京这座城市，但我似乎从来没有把故乡、家乡这样的词跟北京连接在一起。我在北京三十三年了，在故乡才十七年，可是骨子里头依然有这样的感觉——当别人问："你是哪儿的？"我回答："呼伦贝尔的，内蒙古的。"这种故乡的概念是很难清晰地用几句话说明的。比如我就发现，对于我儿子这一代人来说，他已经把北京当成了自己绝对的故乡。可是后来他突然要去学历史，是他自己选择的方向，将来准备攻蒙古史。你会发现，故乡是有传承的。当他选择蒙古史的时候，我还是看到了他在回头。

董　卿：这是很奇妙的，他要在更远的地方才会看得更清楚。故乡有时候是一种不可逆转的力量。你今天要为大家读些什么呢？

白岩松：我在带研究生的时候，有一堂课一定要讲——流行歌曲当中的中文写作。《诗经》就是歌词，宋词就是歌词。二十世纪七十年代中期一直到九十年代中期，华语流行音乐最辉煌的时刻留下了太多好的歌词，那些歌词也是我的精神故乡，所以我想念一个歌词，也希望未来《朗读者》会有越来越多好的歌词。我要读的是自己写的不谱曲的歌词《长大回家》，谨以此篇献给所有人的故乡和已经成为你故乡的同学们和伙伴们。

长大回家

白岩松

长大回家
又有几天可以不用说普通话
老友相聚　合影像一张泛黄的油画
我们认真地排着谁小谁大
如果童年游戏再玩一下
还是想和你对家　谁都不怕

女生们很快就开始叽叽喳喳
孩子老公还有全世界的八卦
其实长大后我们就离开家乡四散天涯
你我的生活一言难尽先不提也罢
还是小时候那些悄悄话
让美女们忘了平日的挣扎而笑脸如花
你还记得不　那谁谁谁曾经爱上过他

长大回家
不用想早点儿上班去刷考勤卡
草原像妈　笑着看我们把头发变花
老师出过的题目已没谁能答

生活的考场上跌打滚爬
都有各自的办法　满分才傻

男人们已经啤酒白酒一口一下
郎平姚明还有足球马拉多纳
曾经以为拿着理想就和世界平等对话
结果是一团乱麻问谁都嘻嘻哈哈
面对回忆成功又算个啥
听帅哥多说了几句也不过是指鹿为马
看我这伤疤　可不仅是因为打过的架

长大回家
让我们一起唱《往日时光》吧
歌声中我回到桌边把剩酒悄悄喝下
突然眼中全都是泪花
别怕　这正是最好的年华
长大回家
唱《往日时光》的我们就在最好的年华

S I
N A
D I N G
Z H U

朗读者

斯那定珠

康巴汉子斯那定珠的故乡在巴拉格宗，绝大多数人没有去过这个地方，甚至没有听过它的名字。这并不奇怪。因为在很长一段时间里，在地图上根本找不到这个地方。它在香格里拉最深处，有着最高的山峰、最深的峡谷、最清澈的湖水。这样一个纯净而美好的地方几乎与世隔绝。在那里生活的人们又穷又苦，很多人从未走出过峡谷。

十三岁那年，斯那定珠怀揣三十五元钱，离开家乡去外面打拼。在城市里，他见到了宽阔的马路、飞驰的汽车、明亮的电灯。从那时起，他就暗下决心，要为家乡修一条通向外界的致富路。幸运的是，他思路活络又肯吃苦，赶上了改革开放的大潮，三十五岁的时候就积累起上千万的个人财富。他觉得，实现梦想的时候到了。快四十岁时，他不顾家人的反对，回到没有通路、没有通电的贫穷故乡，开始筹划在故乡的悬崖峭壁上凿出一条天路。

修路的难度实在太大，一开始，斯那定珠遭到了四面八方的冷嘲热讽。修路需要两亿多的巨款，他只能靠变卖家产、四处求贷来筹措。十年来，路修修停停，停停修修，他没有放弃。终于在2008年1月1日，巴拉格宗迎来了历史性的时刻：实现通路、通电、通电话。那一天，从巴拉格宗到县城的路途由从前的四天缩至不到一个半小时；有村民不停地拉着电灯开关；有人向远方的亲人打电话报告这振奋人心的消息。斯那定珠终于在地图上补上了故乡的坐标，为家乡人民铺好了一条致富之路。

董　卿：巴拉格宗在香格里拉的深处，的确是一个祥和美丽的地方。但是大家也能感受到，垂直自然带的地貌造成了你的家乡有很多悬崖峭壁。

斯那定珠：是的。

董　卿：因此，这个村子就会很封闭。那个时候出山需要多长时间啊？

斯那定珠：我们小时候在巴拉村，那儿特别落后，特别穷，十岁的时候我还没有穿过鞋子。

董　卿：你第一次能够走出家乡的小村子到县里边是什么时候？

斯那定珠：十岁多一点，因为我当时眼睛受伤了。打铁匠把红的火星打到我的眼睛里面了，特别痛，像针刺进来的那种痛。我阿爸回来以后跟生产队的说："我儿子的眼睛不行了，要去看医生。"我们走了五天才走出去。那是我第一次出门。

董　卿：你看到了一个什么样的地方？

斯那定珠：我当时不知道什么城市和县城。我说，这个村那么大啊！第一次看到电，第一次看到汽车，那天晚上我根本没法儿睡，有一种到了另外一个世界的感觉。

董　卿：那你的眼睛怎么样了？

斯那定珠：到咱们的县人民医院去，医生拿电筒照我的眼睛看。他说："你的最佳治疗时间已经过去了，这个眼睛几乎没有希望治了。"我阿爸听了很难过。

董　卿：你们俩再要花几天几夜回村子的时候，你的心情是不是和去的时候不一样了？

斯那定珠：不一样。天黑了，那种小路上，我只看到阿爸的背影。我有很多的想法！快要到家的时候，我已经走得筋疲力尽了。我说："阿爸，我长大以后要修路。"他一开始听不明白什么意思，他再问，我说："要让汽车开到我们家乡这里。"

董　卿：渴望有一条路？

斯那定珠：对。

董　卿：你是哪一年离开了家？

斯那定珠：十三岁的下半年。

董　卿：从十三岁离家到后来你真正地要回到家乡修路，过去了多少时间？

斯那定珠：有二十多年。我在社会上摸爬滚打了二十七年多一些。

董　卿：那就是你快四十岁的时候。那时你已经积累了一定的财富了，是吗？

斯那定珠：有三四千万。

董　卿：三四千万可以让你过上很安稳的日子了，但是你却下定决心要去修路，为什么？

斯那定珠：因为这条路是我们的生命线。董卿老师你不知道，过去我们村里有一个人病了，全村很壮的有劳动力的男人们就拿担架去扛，扛四五天以后，这个生命还活吗？

董　卿：就像你的眼睛。你预计修这条路要花多少钱？

斯那定珠：我不敢预计。

董　卿：可是你怎么知道手上的钱够还是不够？

斯那定珠：我明明知道不够，因此自己心里面也很复杂，很矛盾，有一种焦虑。

董　卿：阿爸这次是什么态度？

斯那定珠：也是反对。所有人都不理解、不相信我。把路修到家乡？他们都说："你这人疯了吗？"

董　卿：最艰难的是什么？

斯那定珠：最艰难的是我们村子与村子之间的协调。

董　卿：你要协调多少户人家？

斯那定珠：当时是四十多户人家。第一天全村的人来了，大家都不愿意，这是我很想不通的一点。我也没有占用他们的耕地，他们却说："你的路要从这里修，就要交钱。"第二天、第三天，男的一个都不来了。一个星期以后，我的喉咙都说哑了。有一次一个阿姨站起来，说这个路怎么怎么的，她还当着那么多人，把口水吐在我的脸上。我当时强笑着，身上没有纸，就用衣服擦。现在想起来那是种无助的感觉。我其实在做一件好事，但是不被别人理解的滋味很难受。

董　卿：我们来看一下斯那定珠到底要在什么样的环境里修路。（看屏幕）那儿的整个地形实在是太险峻了。

斯那定珠：是的。任何施工队到了这里，转身就走了。设计人员还劝我，这种地形修不成公路。我真的很生气。我说，你不要说这种话，赶紧给我离开。其实我既没有把握，也不太懂，所以一面设计，一面修路。修路的时候，我一次都没有离开过。

董　卿：钱有花光的时候吗？

斯那定珠：花光了四五次。我就把我所有的资产卖了。我在香格里拉的房子、车子，还有一个大的五金批发门市，我通通卖了。我还有一个涮羊肉火锅城，也一次性卖了。急于卖的时候卖不出好价钱，当时我心里面还是很痛的。

董　卿：后来阿爸有没有开始支持你了？

斯那定珠：我修到大半的时候，他来了一次，那时公路还没有修完，车子特别颠。从那次开始，他整天问我："你的这个路啥时候能真正修到巴拉格宗的村子里面？"最后路修到还剩一公里不到的时候，有一天下午两点多，我和他聊了一下。他说："我很想坐你的车子去看一下巴拉村。"当天晚上九点多他离开了人世。这就是我一生中最大的遗憾。

董　卿：在他去世后多久你的公路就通车了？

斯那定珠：两个月以后。通车那天，说真话，我心里不是很开心。我太想把公路修到家的时候，我能开着车，我阿爸能坐在我的副驾上，再去一下我的村子。昨天我从心里觉得我阿爸还在，他在看着我。我有这样的感觉。

董　卿：从阿爸带着你第一次走出巴拉格宗去看眼睛，到终于有一天这条路通到了村子门口，整整过了四十年。我觉得阿爸可以从天上看到这条路。这是一条全长三十五公里、有五十二个发卡弯、海拔七百五十米的天路，斯那定珠用了十年的时间把它造完了。因为这条路，现在村民们的生活发生了一些什么样的变化？

斯那定珠：我最高兴的是，有了公路，有了电，已经有三十二户人家回来了。这是我们的真正的故乡，故乡的人不应该通通都走掉。（掌声）

董　卿：我们每一个人在说起自己家乡的时候，可能都会有一种自豪的感觉，我们会说，我爱我的故乡，但是如果我们还能笃定地说，我的故乡也爱我，那就是很幸福的事情了。你今天想为大家读些什么呢？

斯那定珠：我今天要读吉狄马加先生的诗《火塘闪着微暗的火》，献给生我养我的故乡——巴拉格宗。

火塘闪着微暗的火

吉狄马加

我怀念诞生，也怀念死亡。
当一轮月亮升起在吉勒布特高高的白杨树梢。
在群山之上，在黑暗之上，那里皎洁的月光已将蓝色的天幕照亮。
那是记忆复活之前的土地，
我的白天和夜晚如最初的神话和传说。
在破晓的曙光中，毕阿史拉则赞颂过的太阳，
像一个圣者用它的温暖，
唤醒了我的旷野和神灵，同样也唤醒了
我羊毛披毡下梦境正悄然离去的族人。
我怀念，我至死也怀念那样的夜晚，
火塘闪着微暗的火，亲人们昏昏欲睡，
讲述者还在不停地述说……我不知道谁能忘记！
我的怀念，是光明和黑暗的隐喻。
在河流消失的地方，时间的光芒始终照耀着过去，
当威武的马队从梦的边缘走过，那闪动白银般光辉的
马鞍终于消失在词语的深处。此时我看见了他们，
那些我们没有理由遗忘的先辈和智者，其实
他们已经成为了这片土地自由和尊严的代名词。

我崇拜我的祖先，那是因为
他们曾经生活在一个英雄时代，每一部
口述史诗都传颂着他们的英名。
当然，我歌唱过幸福，那是因为我目睹
远走他乡的孩子又回到了母亲身旁。
是的，你也看见过我哭泣，那是因为我的羊群
已经失去了丰盈的草地，我不知道明天它们会去哪里？
我怀念，那是因为我的忧伤，绝不仅仅是忧伤本身，
那是因为作为一个人，
我时常把逝去的一切美好怀念！

人类对故乡的怀念是一种与生俱来的东西。世界上任何一个民族都在经历一个现代化的过程，一方面我们要拿到通向未来的通行证，另外一方面我们又要坚守自己的乡愁。很多诗歌表达的就是一种很独特的愿望——我们已经离出发的地方很远了，我们要回去。这种精神上的回归，就是对养育了我们的文化、历史的一种致敬。

——诗人、中国作协副主席　吉狄马加

Y U

H U A

余华

朗读者

在成为作家之前，余华是一名牙医，“在中国南方的一个小镇上手握钢钳，每天拔牙长达八个小时”。观看了数以万计张开的嘴巴之后，他感到无聊至极，于是决定写作，理想是有朝一日能进入文化馆工作。

余华于1983年开始创作，同年如愿以偿进入浙江省海盐县文化馆。1984年，他正式发表小说。他的文字冷静里透着力度，就像是一把泛着银光的手术刀。他开始探索独特的话语方式，并进行小说文体形式的实验，很快就和苏童、格非、孙甘露等人形成了一股新的文学力量，引领了一股新的文学潮流，评论界称之为“先锋文学”。九十年代，他出版代表作《活着》《许三观卖血记》，这两部作品影响深远，同时入选“九十年代最具有影响的十部作品”。他的许多作品被翻译成英文、法文、德文、俄文、意大利文、韩文、日文等多种语言在海外出版。

余华曾说：“我写作就是回家。”在他的作品里，家乡海盐总是反复出现。他对海盐及其周边地区的自然地理、人情风貌都十分熟悉，便经常在小说里沿用海盐的真实地名、街道名、桥名和店名等。就像鲁镇之于鲁迅，马孔多之于加西亚·马尔克斯一样，余华和他的江南小镇也是互相成就。现在，由于离开太久，现实中的小镇在余华的写作中越来越遥远，最终完全消失了。消失以后回来的，是一个想象中的、抽象的南方小镇，是余华的心理归属。

董　卿：您在北京生活了多少年？

余　华：已经三十年了，超过了我在浙江的时间。

董　卿：但是您说过：只有在我不写作的时候我才会想到自己生活在北京。

余　华：因为当我开始写作时，就要寻找一个让自己感觉到安全的地方，这个地方就是故乡。所以我写作就是回家。

董　卿：您对小时候有什么很深刻的记忆吗？

余　华：关于小时候深刻的记忆就是我父母都是医生，他们很忙，就把我和哥哥反锁在家里边。我们就趴在窗上看景色。我家的二楼能看到广阔的田野。

董　卿：您家属于景观房。（全场笑）您会经常去稻田里玩吗？

余　华：经常。因为闯了祸以后，我得找一个地方躲起来。我父亲来找我的时候，我就会发出哭声。哭声是给他一个信号弹，让他知道方向在哪里，要不他找不到我。如果他走过了以后我再哭，他就听不到了。

董　卿：您在里面最久的一次躺了多长时间？

余　华：睡着了。有时候他也不来找我，因为他在动手术，所以我只好自己灰溜溜地回家了。（笑）

董　卿：因为父母在医院工作，所以您是不是有很多和医院有关的记忆呢？

余　华：我的童年基本上就在医院里度过。我父亲是外科医生，我和我哥哥两个人经常推门进去看我父亲动手术。父亲看到我们

会说："滚出去！"因为家里没有卫生间，所以我必须要到对面上卫生间。每次上厕所的时候一定要经过太平间。太平间没有门，男厕所也没有门，女厕所也没有门。为什么呢？你装上木头门，就被别人半夜扛走拿回去做家具了。

董　卿：您那时候也不过才十岁左右吧，没有一种恐惧感吗？

余　华：一点害怕都没有，而且我基本上每天晚上都会被失去亲人的哭声吵醒。我很小的时候就已经能够区分各种各样的哭声了。

董　卿：我觉得听起来都让人很难承受，对您的心理没有任何负面的影响吗？

余　华：没有影响，而且我还在太平间睡午觉。夏天很热，我要是在草席上睡午觉醒来，我的汗水能够在席子上留下我的一个体形，后来我发现太平间特别凉快，有一次我就在那里睡了午觉，一点汗水都没有流。我长大以后读到了海涅的一首诗，里边的一句是“死亡是凉爽的夜晚”，我当时觉得那就是我在太平间睡午觉的感受。

董　卿：您父亲是外科大夫，您小时候病了是不是都是他给您看病啊？

余　华：是啊，他给我看病，这是一个悲惨的经历。（笑）因为小时候，我干了……

董　卿：太多坏事儿。

余　华：我父亲有时候要惩罚我。我不能老是去稻田里面躲着，就装病。我说，不行了，发烧。他手一摸就知道我根本就没有烧。那么我就说我肚子疼。我小时候是有演技的。

董　卿：现在依然有。

余　华：鼓励一下，演技又恢复了一点儿。（全场笑）有一次他就问我：“肚子哪儿疼？”反正他捏到哪儿我就说哪儿疼，他还问我：“是不是先从胸口疼？”我哪知道阑尾炎是先从胸口疼的？我说对，是这么个疼法……上了手术台以后我才意识到出问题了。

董　卿：这个玩笑开大了。

余　华：我告诉他们我现在不疼了，能不能让我下来，可他们已经把我的手脚绑住了。我印象特别深的是，我母亲给我做麻醉，我在被麻醉过去之前听到我母亲还说了一句：“他长大了以后不能当空军飞行员了。”当时我觉得特别绝望。就这样，我的阑尾被割掉了。我父亲的阑尾也是被割掉的，我妈的阑尾也被割掉了。

董　卿：你哥哥的阑尾被切掉了吗？

余　华：也被割掉了，我们家已经没阑尾了。（全场笑）

董　卿：您后来做了牙医。其实在文坛，弃医从文的例子还是蛮多的，像国内的鲁迅、郭沫若，国外的欧·亨利、契诃夫。为什么牙医这件事您没有坚持做下去?

余　华：我其实特别不喜欢每天看着别人张开的嘴巴。我曾经在我的散文里边写过，那是世界上最没有风景的地方。

董　卿：您给人拔过牙吗?

余　华：我上班第一天就拔牙了。我的师傅是没有上过医学院的，我师傅的师傅也没有上过。我师傅一上来就让我看一遍，他说："你看一遍，下一个就你干了。"我很紧张，就上去看了，但那个时候好在我们的病人主要是农民，农民是到那颗牙齿已经不得不拔的时候才会来的，所以我一看就知道是那颗牙，于是很顺利地拔下来了。我觉得那个牙不拔，它自己就要掉。

董　卿：您大概拔下了多少颗牙了?

余　华：一万颗了。我拔了整整五年，实在是不想再拔了。我特别想去文化馆。所以当时我就想，我写小说吧。因为我认识的汉字虽然不多……

董　卿：（笑）您认识的汉字不多?

余　华：为什么评论家们都赞扬我的语言简洁？那是因为我认识的字少。（笑）这就是毛主席说的"坏事可以变成好事"。我就认为我认识的汉字写小说已经够了。

董　卿：您有写小说的基础吗?

余　华：没有。我首先找了一本杂志看。

董　卿：什么杂志?

余　华：《人民文学》。

董　卿：起点还挺高的。

余　华：对。我就拿着它看，看什么时候应该用引号，什么时候应该用逗号，什么时候应该用句号。我大概看了两页就觉得，好了，行了，写吧！

董　卿：这跟您拔牙的开始差不多啊？

余　华：对。我开始写小说，往所有的杂志寄。怎么说呢？我的所有被退回来的小说当时在中国旅行过的城市，比我现在去过的地方还要多。当时我们家里边有一个院子，每次邮递员总是把退稿从围墙外面扔进来，我父亲听到“啪嗒”一声就说：“退稿来了。”（全场笑）

董　卿：嘉兴是一个文人辈出的地方，可以说灿若星河，有茅盾、巴金、丰子恺、徐志摩，还有再早的李叔同。

余　华：还有我们金庸。

董　卿：但这些文人无一例外，后来都走上了离乡的路。

余　华：你觉得离开故乡的第一步好像不是那么容易，但当你走出第一步以后，下面的几步已经不用思考了。1993 年我辞职了，去了北京。你能够看到你以前没有看过的那些东西。比如说，我在双榆树的一个朋友家里面看了伯格曼的《野草莓》。我看完以后的感受是什么？我就想，这是电影！你知道吗？那天晚上我走了应该有超过三十公里，走回了十里堡，因为只有这样才能让我的激动平静下来。我终于活到了二十七岁以后，看到了第一部电影，以前看过的都不是电影。

董　卿：这是一个更广阔的环境带给您的新的冲击。现在您再回过头来看，离开故乡对您到底意味着什么？

余　华：《一千零一夜》里面有一个故事：巴格达的一个富人坐吃山空，把自己的财产全部挥霍了，然后变成了一个穷人，每天都在梦想着能否回到过去富裕的生活。有一天晚上他做了一个梦，梦里出现了一个智者对他说：“你的财富在开罗。”第二天他就背上包裹去开罗了，结果被抓到警察局。他告诉警察："我是因为做了这么一个梦，所以我到开罗来找我的财富。"那个警察局长说："你这个蠢货！我做过两个这样的梦，说我的财富在巴格达，在一个什么样的院子，一棵什么样的树下面。"那个人一听，就是他的家，他回到家以后按那个位置挖下去，挖出了财富。这个故事的意义在哪里呢？你只有离开了你最熟悉的地方，再回来，你才知道你真正的财富在哪里。

董　卿：从某种意义上来讲，离开成就了您。

余　华：对，离开肯定成就了我。我觉得故乡是一个神奇的地方。2014年我得了很严重的湿疹，手全裂开了，脚底也裂开了，那一年我因为一些事情在故乡海盐过了五个多月，什么药都没有用，病就好了。

　　父母又是一个什么样的神奇存在呢？我们伟大的加西亚·马尔克斯说过，父母健在的话，你和死亡之间有一层帘子；当父母离开以后，你就直接面对死亡了。

董　卿：您今天想要为大家读些什么呢？

余　华：读《在细雨中呼喊》，献给我记忆中的故乡——海盐南门。

董　卿：很羡慕您随时可以通过自己的文字回到那个您想去的地方。我们常说，一个人这一辈子能够去的地方很多，但是能够回的地方不多。

余　华：能够回的地方其实就是一个或者两个，但是能够去的地方……

董　卿：无数个。所以那个能回去的地方显得格外宝贵。我们去朗读吧。

余　华：那我们就回到南门吧。

在细雨中呼喊（节选）

余　华

应该说，我对王立强和李秀英有着至今难以淡漠的记忆。我十二岁回到南门，十八岁又离开了南门。我曾经多次打算回到生活了五年的孙荡去看看，我不知道失去了王立强以后，李秀英的生命是否还能延续至今。

虽然我在他们家中干着沉重的体力活，但他们时常能给予我亲切之感。我七岁那年，王立强决定让我独自去茶馆打开水。他说：

“我不告诉你茶馆在哪里，你怎么去呢？”

这个问题让我想得满头大汗，终于找到了答案，我欢快地说：

“我去问别人。”

王立强发出了和我一样欢快的笑声。当我提着两只热水瓶准备出门时，他蹲了下来，努力缩短他的身高，以求和我平等。他一遍一遍告诉我，如果实在提不动了就将热水瓶扔掉。我当时十分惊讶，那两个热水瓶在我心目中是非常昂贵的物品，他却让我扔掉。

“为什么要扔掉？”

他告诉我，如果实在提不动了摔倒在地的话，瓶里的开水就会烫伤我。我明白他的意思了。

我口袋里放了两分钱，提着两个热水瓶骄傲地走了出去。我沿着那条石板铺成的街道走去，用极其响亮的声音向旁人打听，茶馆在什么地方。我不管此后的打听是否多余，依然尖声细气喊叫着。我小小的诡计一下子就得逞了，路旁的成年人都吃惊地看着我。我走入茶馆时，用更加响亮的声音将钱递过去，收钱的老太太吓了一跳，她捂着胸口说：

“吓死我啦。”

她的模样让我咯咯笑出声来，而她则迅速转换成了惊奇。当我提着两瓶水走出去时，她在后面提心吊胆地说：

“你提不动的。”

我怎么会扔掉热水瓶呢？他们对我的怀疑，只会增加我的自得。王立强在我离家时的嘱咐，在路上变成了希望。希望在想象里为我描绘了这样的情形，当我将两瓶开水提回家时，王立强是那样的欣喜若狂，他高声喊叫李秀英，那个床上的女人也走过来了，他们两人由衷地赞叹我。

就是为了得到这个，我咬紧牙关提着那两瓶开水往家走去。我时刻鼓励着自己，不要扔掉，不要扔掉。中间我只是休息了一次。

可我回到家中以后，王立强令我失望地没有流露一丝的吃惊，仿佛他早就知道我能提回家中似的接过了水瓶。看着他蹲下去的背影，我用最后的希望提醒他：

“我只休息了一次。”

他站起来微笑了一下，似乎这没有什么了不起的。我彻底沮丧了，一个人走到一边。心想：我还以为他会赞扬我呢。

……

我在深秋的傍晚踏上家乡的土地，离家五年之后重新回来时，我只能用外乡人的口音向人打听南门在什么地方。我向那条狭长的街道走去时，一个比我小得多的孩子扑在楼上的窗口，一声声叫我：

“小孩，小孩。”

我听到的是完全陌生的方言。幸亏我还记得南门，和我父母兄弟的名字，还有我的祖父。六岁时残留下来的记忆，使我可以一路打听着走去。我就是在那时候遇到了我的祖父孙有元，这个背着包袱、怀抱油布雨伞的老人，在我叔叔家住满一个月以后，正准备回到南门，风烛残年的祖父在那条他应该是最熟悉的路上迷路了。我们是都忘记了对方的模样以后，在路上相遇。

那时候我已经走出县城，来到了乡间，一个三岔路口让我无从选择。我当时被落日的景色迷住了，所以我没有立刻焦急起来，那是让我的童年震惊的景色，我看到翻滚的乌云和通红的晚霞正逐渐融为一体，一轮红日已经贴在了远处的地平线上，开始它光芒四射的下沉。我站在落日的余晖之中，对着太阳喊叫：

“快沉下去，快沉下去。”

一团巨大的乌云正向落日移去，我不愿意看到落日被它吞没。

落日如我所愿地沉没以后，我才看到了祖父孙有元，他就站在我的身后，和我贴得那么近。这个年迈的老人用一种恳求的眼神望着我，我就问他：

“到南门怎么走？”

他摇摇头，嗡嗡地告诉我：

“我忘记了。”

他忘记了？孙有元的回答让我觉得有趣，我对他说：

“不知道就是不知道，为什么要说忘记呢？”

他谦卑地向我笑了笑。那时候天色开始黑下来了，我赶紧选择一条路匆匆走去，走了一阵我发现后面那个老头正跟着我，我也不管他，继续走了一会儿，我看到稻田里有一个扎头巾的女人，就问她：

“前面是南门吗？”

“走错啦。”那个女人挺起腰来说，“应该走那条路。”

那时天色马上就要黑了，我立刻转回去，老人也转过身来往回走，他对我的紧跟引起了我的注意，我立刻撒腿跑开了，跑了一会儿回头一看，他正趔趔趄趄地急步追来。这使我很生气，我等他走近了，就对他说：

“喂，你别跟着我，你往那边走。”

说完我转身就走，我走回到三岔路口时，天已经完全黑了，我听到了打雷的声音，那时一点月光都没有。我摸上了另一条路，急步走了一阵，发现那老人还跟着我，我转回身向他喊叫：

“你别跟着，我家很穷的，养不起你。”

这时候雨点下来了，我赶紧往前奔跑过去。我看到了远处突然升起一片火光，越来越大的雨点与那片火纠缠起来，燃烧的火不仅没有熄灭，反而逐渐增大。就如不可阻挡的呼喊，在雨中脱颖而出，熊熊燃烧。

借着火光，我看到了那座通往南门的木桥，过去残留的记忆让我欣喜地感到，我已经回到了南门。我在雨中奔跑过去，一股热浪向我席卷而来，杂乱的人声也扑了过来。我接近村庄的时候，那片火光已经铺在地上燃烧，雨开始小下来。我是在叫叫嚷嚷的声音里，走进了南门的村庄。

我的两个兄弟裹着床单惊恐不安地站在那里，我不知道他们就是孙光平和孙光明。同样我也不知道那个跪在地上号啕大哭的女人就是我的母亲。他们旁边是一些与火争抢出来的物件，乱糟糟地堆在那里。接下去我看到了一个赤裸着上身的男人，秋夜的凉风吹在他瘦骨嶙峋的胸前，他声音嘶哑地告诉周围的人，有多少东西已经葬身火海。我看到他眼睛里滚出了泪水，他向他们凄凉地笑了起来，说道：

“你们都看到大火了吧。壮观是真壮观，只是代价太大了。”

我那时不知道他就是我的父亲，但他吸引了我，我就走到他身边，响亮地说：“我要找孙广才。”

《在细雨中呼喊》是余华最好的作品，是值得我们深入解读的作品。这部作品最突出之处就在于，余华把汉语小说中少有的“弃绝”经验表现得异常充分，从而触及人类生存事相中最深刻的创伤。《在细雨中呼喊》在表达弃绝的同时，也表达了回到真实生活中去的渴望，因为被弃绝，而更加强烈地渴望被接纳，渴望家的温暖和集体的慰藉。

——北京大学中文系教授、评论家　陈晓明

J I A

Z H A N G

K E

贾樟柯

朗读者

2017年，贾樟柯在自己的故乡山西创办了一个电影展——平遥国际电影展。电影展上，他站在以自己电影《站台》命名的露天电影院里，对着台下的观众说："我们带着电影流浪了二十年，这是第一次带着电影回到故乡。"其实他的电影从未离开过故乡。他的镜头除了记录着整个变革中的时代以外，始终在表达和眷恋着记忆深处的那个故乡。故乡给予了他创作的冲动和欲望。

贾樟柯生于山西汾阳。1997年，他开始拍摄故乡三部曲《小武》《站台》和《任逍遥》，三部电影都以汾阳小城为背景，开启了他用镜头审视世界的人生旅程。在他的电影中，最常见的场景就是破败的矿厂，尘土飞扬的道路，小镇青年穿着红遍全国的喇叭裤，大喇叭放着当年最火的流行歌。他从不避讳故乡的破败，也从未放弃寻找故乡的美感。他坚持用故乡元素来表达自己的世界思维，用冷静的长镜头表达他强烈的个人情感。

贾樟柯的电影得到了国际电影界的肯定。2006年，他自编自导的剧情片《三峡好人》获得第六十三届威尼斯国际电影节金狮奖；2013年，他的《天注定》获得第六十六届戛纳国际电影节最佳编剧奖；2010年，他获得第六十三届洛迦诺国际电影节终身成就奖。

四十多岁的时候，贾樟柯决定回到家乡山西。他和故乡开始发生越来越频繁的关联，除了组织平遥国际电影展，他还在汾阳开设了电影主题餐厅，筹建了贾樟柯艺术中心和种子影院。这一切，都源于他的故乡情结。

（屏幕播放贾樟柯执导的电影片段：他对小人物的命运关怀常常折射出对整个时代的思考，看似朴实无华的画面却传递出电影背后深邃而清澈的精神世界。从戛纳国际电影节评委会主席到开罗国际电影节杰出艺术成就奖、洛迦诺国际电影节终身成就奖，他正在一步步构筑起自己特立独行的电影世界。）

董　卿：你的最新电影《江湖儿女》过段时间就可以和大家见面了。

贾樟柯：对。故事从 2001 年的大同讲起，一对男女从山西到了三峡，从三峡去了新疆，当他们人到中年时又回到了故乡。写完之后我吓了一跳，这个故事就好像我这些年的经历一样：从山西出发，一点一点地往外走，在这个过程里人会感觉自己越来越渺小，但同时又越来越坚硬，我不知不觉地把自己的这种感受写到了剧本里面。

董　卿：回顾你的电影，几乎每一部里边都有家乡的影子。

贾樟柯：我开玩笑说，是因为山西人长得太漂亮了。（笑）我特别想拍山西人的面孔。我在山西待到了二十三岁，从一个小孩子长成一个成年人，我觉得山西教给了我所有的东西。我想，每一种语言都是一种思维模式，我家乡的汾阳话里有很多古文，比如说走路，我们叫簸颠，这些建立起我自己全部的情感世界。

董　卿：在你的记忆深处有一些很难忘的普通人的形象吗？

贾樟柯：有。我的奶妈一个人带着几个孩子过活。她是怎么把孩子养

大的呢？她是靠在长途汽车站卖茶水，两分钱、三分钱一杯茶，就这样养活三个儿子、两个女儿。我奶妈的女儿在山区的林场工作。每到周六，我奶妈就跟我一起坐在炕头。我们会听到西北风呼啸而过，把电线吹得呜呜作响。下午三点，我奶妈就会说："你的姐姐现在应该下班了。"过了三十分钟，她会说："现在她可能已经步行到了公路上。"又过了半个小时，她说："她可能在西门外下车了。"我们就这样猜想一个亲人怎么样一步一步在这样一个大风的下午到家。那时候人和人的距离不会被手机拉得这么近，但是会被思念拉得很近，拉得很紧。

董　卿：你从什么时候开始意识到有一天自己也一定要走出去？

贾樟柯：小的时候我觉得县城非常大，但当你懂得骑自行车的时候，你会发现原来印象中那么大的一个县城，其实花十分钟就能走完。慢慢地，我对外面的世界充满了想象：十公里之外是什么？一百公里之外是什么？到现在为止我拍电影都非常喜欢拍交通工具，因为那是我小时候的一种幻想。那个时候汾阳没有铁路，我记得有一天早上，我听到一个很怪的声音随着风远远地传来，我没听过那是什么声音。我父亲说那是火车的声音，是孝义的火车的声音，不知怎么传到了我耳边，我觉得非常魔幻。有一天我们一帮同学偷偷骑着自行车，骑了几十公里到了孝义去找火车。我们找啊找，终于找到了一列拉煤的火车。我们对火车行注目礼，看着它走远。我们惆怅了很久，然后骑自行车，花了两三个小时骑回汾阳。

董　卿：惆怅着它向远方，你们还停留在原地。那是什么激发了你的电影梦想？

贾樟柯：到我初中的时候，县城里就开始有录像厅了，播的大部分是香港的武打片。结果我看了一部非常不录像厅的电影，它叫《黄土地》。我看了差不多五分钟，眼泪就一直在往下流。那个电影的对白非常少，里面一望无际的黄土地和穿着黑棉衣的黄土地上的人就是我的生活。我觉得，我就干电影了！

董　卿：你还是很幸运的，因为你找到了一个很适合自己干的事情。

贾樟柯：那个时候我有些茫然，不知道怎么样变成电影工作者。后来经常有参加了五六年艺术高考的老同学跟我说："你可以考北京电影学院，那儿是教电影的。"我这才明白该怎么做。一开始，我觉得我应该可以考摄影系，结果一看招生简章，摄影系有身高要求，我就放弃了。

董　卿：身高要求是多少啊？

贾樟柯：我不告诉你，反正有身高要求。（笑）导演系我又不敢考，唯一能准备的就是文学系了。

董　卿：听说你考了三年才考上，那三年会不会很难受啊？

贾樟柯：关于将来会怎么样，我从来没有恐慌过。

董　卿：从来没有恐慌？

贾樟柯：从来没有。像我奶奶那样摆一个茶水摊，她可以养一个家，我不可以养我自己吗？我觉得没有什么生活是我不可以过的，没有什么是我不可以冒险去做的，因为在我们这样的人的词典里，没有失败。

董　卿：所以你坚持了三年，一直到你终于成了一名电影学院的学生。之后你还有机会和故乡的那些人接触吗？

贾樟柯：那几年我比较羞涩，同学聚会也没怎么参加。我把那段日子用一句歌来形容：曾经年少爱做（追）梦，一心只想往前飞。我相信我们的关系不会断裂，有一天我们会在一起。我就是想跟所有同学说，请容稍后禀报，现在的我没什么好说的，我们的情感一点儿问题都没有。可能当时是自己跟自己较劲的阶段。

　　我跟你讲一下什么是我们之间的情感。我读大学的第一年，我有一个好朋友突然来看我。那时候从太原到北京要坐火车。晚上七点半发车，火车要在山里面转十几个小时，第二天早上到达。他突然出现在食堂，叫住我，我发现他来了，我很开心。我们到了电影学院的一个小食堂。我问他：“吃完饭，你要住我这儿吗？”他说：“我不住，晚上我就回太原了。”我说：“那你来干什么？”他说：“我来看你。”我就陷入长时间的沉默。他这十二个小时的来，十二个小时的去，就是为了看一位朋友。后来有一年，我第一次应同学之邀，春节的时候跟好朋友们甚至那些结义兄弟一起坐下来喝一杯，十分钟之后，我们就逐渐回到了少年时的状态。你是谁不重要，你是我们的朋友贾樟柯，你是那个曾经骑着自行车满县城瞎溜达的贾樟柯。他们没有跟我谈任何电影的问题，他们只问了我一个问题：什么时候要小孩？

董　卿：为什么？

贾樟柯：因为我没有孩子。我转过身去，痛哭流涕，因为在北京，没有一个人问我这个问题。这是正常的，因为跟别人没关系。但是对于从小一起长大的朋友，他们会替你算，你现在如果还没孩子，到你五十岁的时候怎么办？

董　卿：这是只有亲人才会问的问题。

贾樟柯：是。2006 年我父亲突然过世了，我跟我姐在老家操办老人的后事，北京来了几个我的同学帮着我。我记得其中有一个人算是合作伙伴吧，我们在北京关系处得很好，到现在也很好。但当时我突然看到一个细节，就是他有点害怕。我说，你回北京吧，老家有很多乡俗的，你也不懂。那时候我们要守灵，守灵的夜晚很冷，每一个夜晚都是我小时候的朋友在陪我，他们一夜一夜地坐，很自然，很从容。我觉得他们是陪我面对生死的人，别人比不了，所以我应该回去。（掌声）

董　卿：那次可能让你开始重新思考和他们之间的关系。

贾樟柯：我在城市的生活非常好，确实在艺术上有非常多可以聊一两个晚上的朋友。有一个词是五味杂陈，人生是多姿多彩的，多种味道的。我在北京唯独缺了一种味道，就是亲情。我需要这些亲情，我需要他们，2015 年我就搬回去了。

董　卿：但是我觉得搬回去也需要勇气，当距离变近了，很多事情会不会又发生了变化?

贾樟柯：人生对于我来说已经有一些经验了，有一些过去自己拒绝的事情，你会发现自己错了。比如说，过去我特别不喜欢参加别人的婚礼、小孩过满月的事，我觉得好闹啊，乱哄哄的。现在我乐此不疲，因为我觉得这就是人情。我们在追求事业的过程中很厌烦那些跟自己的事业没有关系的事情，觉得它们不值得占用我们的时间，但其实不是这样子的。

董　卿：可是你在这里还会一直待下去吗？还是说将来有一天你会再次离开呢?

贾樟柯：我不知道我会不会再次离开，但我想，浪子之所以成为浪子是因为有家。我觉得我还是一个浪子，有一天我还会卷起铺盖，又去到一个地方。在这个过程里面我会把家包在我的行李里，它会跟着我一起走。今天我在跟你聊天，录制《朗读者》，明天我可能去跟哪一国的总统见面，但是故乡提醒我，我就是山西汾阳辘辘把街 5 号的小贾。

董　卿：汾阳小子贾樟柯。（掌声）你今天想为我们读些什么呢?

贾樟柯：今天我要读来自我的《贾想 II》的一篇文章的节选。

董　卿：是你小时候的一段真实经历吗?

贾樟柯：对。我把它献给所有给我亲情和人情的家乡的朋友。

阿里巴巴吃苹果

贾樟柯

小学三年级的时候，班主任交给我一项任务，让我每天早上去教室生炉子。

这不是一项委以重任的工作，而是一份惩罚。年代久远，我已经无法回忆到底是因为上课时做小动作，还是因为某一次打架。有次语文老师在课堂上说我长得像猴子，我不依不饶一直跟着她骂：你才像猴子呢。从课堂跟到教研室，从教研室跟到她家。那是八十年代初，我们这些小孩子也继承了社会上的造反精神。或许一出生我们就在社会上，父母把我们散养在大街上，我们胆量超强、自尊心敏感。

每年 11 月，山西进入漫长的冬季。晨读是早六点，我每天一早五点半前要到学校，在同学们到来之前生好火。教室前部、后部分别有两个大铁炉。我要去找柴，取煤，揉一团《山西日报》燃起火。考验我的并不是生火技术，对在山西长大的孩子来说，这是从小必须练就的基本技能。让我畏惧的是冬天五点多的黑暗，还有县城的寂静。从我家辘辘把街出来，要穿过漫长的三隍庙街，经过黑漆漆的天主堂，才能到达零星有几盏路灯的县城主街。

到底是孩子，还是有怕的东西。

每天早上，起床穿好衣服站在院子里准备出门的时候，脑子里闪过的都是各种鬼怪故事。我攥紧拳头，迈步进入黑暗。视觉听觉处在高度的紧张之中：我做好了随时邂逅无头女鬼的打算，也有突然要和吊死鬼搏斗的心理预案。我的形意拳师傅告诉我：黑暗中走路如果有人在后面喊你，不应声，更不猛回头。头上朗月是明灯一盏，左右肩上也各有一盏护法神灯。如果慌张回头，小心肩上神灯跌落。

走到县城主街才会稍微放松一下，我开始对县城清晨的秩序着迷：你会看见一男一女在路边等长途汽车，他们搭上开往太原的最早一班车，就会知道他们快要结婚了，这一定是去省城买东西；也能看到监狱里的公安部队，军人们一大早荷枪实弹在县城的街道上拉练；也能看到下夜班的工人，他们从西门的大坡上骑自行车下来，风驰电掣地投入他们的床铺。他们与我擦身而过，没有人留意他们的出现帮助了一个恐惧的孩子。我注视着他们，站在太阳升起之前的马路边，站在我的城池里，他们成为我的世界，我的主人公。

我上的实验小学解放前是狄公庙。狄青是山西汾阳人，所以县城会有这样一座老庙。高年级同学常绘声绘色地给我们讲：有人有一天早上在体育器材室看到了三个穿白衣的鬼在半空中飘动。也有人会给我们讲，有人有一天晚上在教工灶上，看到了穿着古代衣服的一家人。当我推开学校厚厚的大门，也就是厚厚的庙门进入到校园里的时候，又恢复到了紧张的状态。学校一片黑暗，我找钥匙打开教室的门，然后点着蜡烛。当蜡烛的光燃起的时候，迅速用目光搜索教室的每个角落，发现安全无恙才慢慢放心下来。

我去煤堆取煤，回到教室开始生火。当两个炉膛里跳跃起红色的火焰，我要把所有的窗户打开，拿一个作业本把弥散在教室里的烟扇出去。离同学到来还有一段时间，我会拿起粉笔，在教室后面的黑板上漫无目的地画些图案。这块黑板记录了我的心情。我会在第一个同学到来之时把这些图案从黑板上擦去。但，那一片深邃的黑暗，连同冬天刺骨的寒冷；屋檐下的冰凌，连同手上裂开的口子；天边出现的第一抹亮光，连同嘴角突然尝到一口咸味，才发现自己已经流下眼泪的瞬间：没有人可以从我的心头抹去。

上初中的时候，班里出黑板报的工作正式落在了我的头上。从设计版式、报头到编辑内容，都是我一个人包办。找报纸杂志抄写一篇散文，一首诗，再写一些时事新闻，内容很容易填充满整个黑板。但用今天的话讲，叫流量很差。同学们不太在意我写的这些东西。班主任跟我谈，让我出一些能够吸引同学的内容。想来想去，我准备增加智力测验的内容，有谜面就有谜底，这样增加与读者的互动，不愁他们不看黑板报。

八十年代非常流行智力测验，匮乏人才的国度急需寻找一些天才。记得小学的时候有一天上课，突然从外面进来一群成年人。我的心跳了一下，以为又是来打预防针的。我从小怕打针，一看这个阵仗肌肉已经紧张起来。但进来的人是县教育局和体委的，他们来寻找神童。办法是在纸上写一个字放进信封，让我们每个同学用耳朵听，然后猜里边写的是什么字。据说在外省，发现了好多可以用耳测字的灵异少年。测试下来，我们整个班都没有这样的人才。但突如其来的造访让我们四十五分钟的课程缩短了很多，在枯燥的课堂上，这像是一个节日。

出谜语和智力测验题，一直是我在黑板报这一旧媒体时代最常使用的互动手段。到了高中，因为我们的中学是省重点，所以国家给每个学生每个月有一块钱的班费。班主任说，不如每天在黑板上出一个谜语，让同学猜一猜，这样可以拿班费给猜出来的同学买奖品。

有一天又出黑板报，我发现自己毫无准备，忘了找一个现成的谜语。那时有一首歌《阿里巴巴》风靡全国已经很多年了，我突然恶作剧起来，出了一个根本没有谜底的谜语叫“阿里巴巴吃苹果”，写完想了想，又写下：打一成语。同学们围拢在黑板前，皱着眉头互相探讨着“阿里巴巴吃苹果”到底是什么意思。要好的同学把我拉到墙角，让我透露谜底是什么。我笑而不答，也无从可讲。这道谜语成为一个悬案，伴随了同学们的高中生活。

大四那年，我买了第一个手机，是摩托罗拉。随后，手机那样深刻地介入到我们的生活中，始料未及。随着苹果的普及，我的很多同学也成为“苹果教”的信徒，在聚会的时候会谈起苹果谈起乔布斯。高中的时候，英语课里有一篇讲电脑的课文我们是当科幻小说看的，讲人类未来会通过互联网彼此沟通，甚至可以电脑购物。没想到现在，网络购物已经成为非常主流的消费方式。很多人成为阿里巴巴、淘宝的用户。

前几年同学聚会，有人突然想起了我出过的谜语。他说：阿里巴巴吃苹果，你难道觉得马云的阿里巴巴动了吃掉苹果的心？原来你一早就预见到了。他们又开始追问我谜底究竟是什么，我还是笑而不语。大家其实早已知道这只是个恶作剧，但荒诞的是，时代会为这个不值一提的玩笑，提供一个严肃的答案。

我还是会想起小时候的恐惧，虽然现在每一部手机上都已经有了强光手电。初中的时候和父亲提起小学时的经历，父亲问我：你是怕人还是怕鬼？我说：我打过很多架，见过很多坏人，所以我不怕人，怕鬼。父亲笑笑，第二天给我买了一套《聊斋志异》。看完后，我不怕鬼了。

我没见过鬼，坏人这些年倒是日新月异了。这当然超出了一个孩子的见识。面对人，我们都还幼稚。

Z H E N G

C H O U

Y U

朗读者

郑愁予

郑愁予曾说："我的一生不存在故乡。"的确，他的一生一直都在路上，从济南、南京、北京、汉口到台湾，每一个地方都有他和家人的足迹。他被人们称为"游子诗人"，他的诗歌也一直在寻找故乡。

1933 年，郑愁予出生在山东济南一个军人家庭。在那个动荡的年代，他未能在出生地停留多久，就不得不随母亲跟着军人父亲四处流浪，走遍了大半个中国。他的乳名叫济发，就是从济南出发的意思。他读过数不清的小学，还上过乡下私塾，居无定所，学无定校，母亲成了他人生中的第一位老师，给了他最早的诗歌启蒙。

1948 年，十五岁的郑愁予随家人抵达南京，不久又沿长江上溯到汉口。他把离船上岸的感受写成《爬上汉口》一诗发表，这是他第一次在报刊上发表诗作。汉口停留未久，郑愁予来到湖南，在衡阳道南中学，他和意气相投的同学组成"燕子社"，写了许多为社会不公打抱不平的作品。1949 年，郑愁予离开大陆去了台湾，在那里一面学习，一面写作。1954 年，当他的成名作《错误》在台湾首次发表时，岛内一时间到处传诵着"我达达的马蹄是美丽的错误／我不是归人，是个过客"。人到中年，郑愁予又飞到太平洋的另一端，客居美国。

漂泊一生，郑愁予只愿叶落归根，追寻祖先的印迹，落籍金门。他对故乡的记忆从来不曾消失在时间长河之中，而是用文字记录下来，他说："要说故土家乡，我的脑子里不仅仅是一村一寨，而是整个中国。"

董　卿：郑老有不少诗被谱成了曲，唱成了歌，像《雨丝》《错误》。听说在所有这些歌里，只有《偈》是您自己会唱的？

郑愁予：是，因为它简单。

董　卿：您愿不愿意现场为我们哼唱两句？

郑愁予：（唱）“然而，我又是宇宙的游子／地球你不需留我／这土地我一方来／将八方离去。”

董　卿：出生于二十世纪三十年代的很多人都有背井离乡、颠沛流离的经历，但是您走过的地方实在太多了。

郑愁予：我常常叫自己“抗战儿童”“内战少年”。我是在山东济南出生的，四岁到五岁的时候在南京，因为我父亲是军人，他毕业的时候正是日军要攻打南京的时候，他就到前线去了。他去抗日啊！到了湖北张自忠的部队就没有音信了。我母亲和我就逃难到我二伯父家。他在山东峄县，峄县有两个庄，一个叫台儿庄，一个叫枣庄。二伯父紧张得不得了，说：“你们赶快再往北走。”我的故乡在河北省，就是要往北走。后来我们到了我五叔的地方，他来接我们。

董　卿：就这样已经从南京到了山东，到了河北。

郑愁予：对。我们的祖坟在宝坻，占地非常大，周围都是高大的树木，有一家人帮我们看着。我的祖父是郑成功第九世后裔。

董　卿：这样说来，您应该是郑成功的第十一代孙。

郑愁予：对的。

董　卿：您的第一首诗是在哪个地方写成的？

郑愁予：第一首诗在北京写的，诗的名字叫《矿工》。那个时候我有机会去英国的教会学校读书，学校叫崇德学校。到了夏天，我们常常出去玩。我们去了门头沟，到了煤矿前面，看到很多小孩在玩。我们说："你们干吗在这儿玩？"他们说："我们在这儿等爸爸出来。"我的眼泪马上出来了。小孩儿已经知道煤矿是一个很危险的地方了。

董　卿：您是根据那天看到的矿工的孩子写了《矿工》这首诗，对吗？

郑愁予：对。我说："你一生下来，上帝就在你的手上画了十字。"老师读了以后说："这首诗我非常喜欢，诗里头懂得用意象。"经过他这一番鼓励以后，我有了一点儿小小自信——我可以写诗啊。

董　卿：到了台湾之后，您继续写诗。几年后您写了那首最为大家熟悉的《错误》。

郑愁予：（读）

我打江南走过
那等在季节里的容颜如莲花的开落

东风不来，三月的柳絮不飞
你的心如小小的寂寞的城
……

我达达的马蹄是美丽的错误
我不是归人，是个过客……（掌声）

董　卿：您到台湾的时候是一种什么样的感受？

郑愁予：那个时候我还是个十六岁的孩子，常常会想，北京的某一种食物好久都没有吃到了。台湾说的是闽南方言，和我说的北方官话是不一样的。许多卖东西的人不会说普通话，你要会说几句闽南话才能够成交。

董　卿：您 1962 年在台湾结了婚，那个时候是不是把台湾看成了自己的又一个故乡？

郑愁予：是。那个时候我们觉得台湾是自己的家。我太太是个歌唱家，她不但声音非常美，而且她的诠释和表情都是很动人的。她也是一个第一流的烹饪高手，有时候兴致来了，做了好几个菜放在桌上。吃完了以后就是我的事了，我把盘子都搬走，洗好，装好，把桌子打扫好。这一天，她做了菜，然后没事了，就坐在客厅的一个灯光下读信。我把她读信的整个情景写在诗里了，就是《宁馨如此》。（读）

当转身　蓦见在客厅的立灯下

正危坐着一个唐代雍容的女子

她　会神地读着信
立灯把全室的光亮聚集在
眉弯目垂的脸上　竟从一向古典的
精致中　浮出暗香来

董　卿：好美呀！您那个时候是不是写了很多情诗啊？

郑愁予：是。作为一个诗人，首先你是一个情人。你有资格做一个好情人，才有资格做一个好诗人。（掌声）

董　卿：您在台湾成家了没多久，跟太太的生活“宁馨如此”，却又选择去美国，而且在美国一待又是几十年。

郑愁予：在美国的时候，我特别注意中国的情况——世界上发生了什么事，跟中国有什么关系，我惦记的也是国、族、生存、兴旺等这些事情。我刚到美国就去了爱荷华大学。爱荷华在美国中部，全部是肥沃的土地。夕阳西下的时候我走到一个地方，向着祖国的方向跪在地上，写了一首长诗——《在温暖的土壤上跪出两个窝》，我想念中国，希望中国的大地哪一天也这么肥沃。

董　卿：2005年您和太太选择落籍金门。这是出于什么样的考虑？叶落归根吗？

郑愁予：金门是郑成功收复台湾的基地，我对那边也特别有感情。金门有个学院，那儿的校长过来了，他对我说：“你应该在金门帮助我们成立一所大学。”我愿意为金门效力。不但如此，我还要把我的这个想法用诗表达出来。金门是座桥梁，它有很多益处。

董　卿：您走了这么多地方，到最后选择了离自己的祖上最近的一个地方。

郑愁予：落叶归根。我喜欢旅行，欧洲几乎所有国家我都去过了，每次旅行我都背着一个背包。如果有一个所谓的概念的乡愁，那么我就把它背在我的背包里，到每一个地方去。我到了任何一个地方都会想到我自己的故乡。乡愁就是我的民族，我的国家。背着乡愁到任何地方，我的乡愁会告诉我我应该做的事情。

董　卿：您是一个诗人，也是一个游子，背着乡愁走遍世界各地，让我想起了苏东坡的那句词："试问岭南应不好。却道。此心安处是吾乡。"最后您会发现一个属于您的地方。（掌声）谢谢郑老来到我们的节目当中，您今天要为大家朗读哪一首诗？

郑愁予：今天作为一个朗读者，我就读《旅梦》。

旅　梦

郑愁予

我从雨地来
这里，已晴得很久
道上飞扬着沙土
太阳下的池塘闪着金光

我从雨地来
我底眼还湿润着
像车上的窗玻璃
静卧着长串的水珠
我想：我该看见那片土地了
榆树围成广大的打麦场
车停处，妻从树下奔来
我想，孩子也已长大了
在阶上，正扶着老母向我张望
然后我们默默拥抱着
以带泪的眼频频问询
然后，我们曾交换简单的言语
把异地的尘土，抖落在自己的家门
车向前途颠簸着

我底心在焦急地跃动
我想，久别的村子是近了
翻过前面秃秃的山岗
也许还要爬过一道桥梁
我想，那碾台吱吱的声响
我将听见……

哎，我从雨地来
我底眼是湿润而模糊的
这里是诳人的风沙的晴季
不必让我惊醒吧
我仍走在异乡的土地……

一九五三

他自觉地淘洗、剥离和熔铸古典诗美积淀中有生命力的部分生成的“愁予风”，确已成为现代诗歌感应古典辉煌的代表形式：现代的胚胎，古典的清釉；既写出了现时代中国人的现代感，又将这种现代感写得如此中国化和东方意味。

——诗歌评论家　沈奇

代后记一

加强传统文艺节目创新

慎海雄

（中宣部副部长，中央广播电视总台党组书记、台长）

坚定“四个自信”，弘扬主旋律，传播正能量，坚守国家媒体的社会责任和担当，狠抓精品创作，中央广播电视总台近来推出了一大批“叫得响、传得开、留得住”的优秀节目。《朗读者》就是其中的代表。

自2017年第一季播出后，《朗读者》反响热烈、好评如潮；今年播出的第二季，立意更巧妙新颖，视野更开阔宏大，内容更扎实丰富，形式更生动亲民，做到了“百尺竿头，更进一步”，获得更加广泛的社会关注。基于第一季节目编撰的《朗读者》图书，已经成为广大读者竞相捧读的畅销书，很多青少年读者通过阅读，了解到这些嘉宾的人生故事，开启经典阅读的旅程。《朗读者》的成功启示我们，电视文艺工作者只要坚定文化自信，勇于坚守、善于创新，真正做到用心用情用功，就能够用诚意和创意打动人心，就能够做出人民群众喜闻乐见的好作品，就能够跨越“高原”攀上“高峰”。

我们将进一步坚定文化自信，坚持守正创新，坚守中华文化立场，打造更多高品质、高品位、高品格的作品，让节目更加有筋骨、有道德、有温度，更能够体现出思想之美、文化之美、艺术之美。我们将加大传统文艺节目创新，强化优秀人才培训、选拔力度，提高内容制作能力，让优势更优、强者更强。我们将把握新媒体发展规律，海阔天空去想，脚踏实地去干，用最新的科技和创意吸引年轻受众，营造生机勃勃、充满活力、人人自豪的氛围。

在今年的法兰克福书展上，《朗读者》同名图书的精选版，已经签出了六个国家八个语种的外文版，成为讲好中国故事，向世界展现真实、立体、全面中国的一个范例。在国际传播能力建设中，我们将深化合作传播，注重“借嘴说话”，用好外国主流媒体平台，主动宣介习近平新时代中国特色社会主义思想，主动讲好中国共产党治国理政的故事、中国人民奋斗圆梦的故事、中国坚持和平发展合作共赢的故事，让世界更好地倾听中国、读懂中国，将更多中华文化精品节目推向世界，在交流交融中彰显中华优秀文化的持久魅力，彰显新时代中国人的精气神。

“锐意改革创新，壮大主流舆论，努力打造具有强大引领力、传播力、影响力的国际一流新型主流媒体。”我们将深入贯彻落实习近平总书记的贺信精神，发挥优势，弥补不足，不断改进创新，不断打磨提升，把《朗读者》等优秀文化品牌做得更响亮。我们将集中力量、心无旁骛地打造精品力作，为人民提供丰富的精神食粮，更好地担当引领示范作用，为传播中华优秀文化、培育践行社会主义核心价值观做出更大贡献。

代后记二

惯性奔跑

董卿（口述）

1

这一季《朗读者》开始的时候，我焦虑得不得了，因为第一季反响太好了，盛名之下，你还能怎么去做第二季？第二季的开篇，也遇到了不少的困难，不光是经费的问题，很多别的困难。但我觉得还是咬牙要做。

为什么一定要克服所有的困难去做这件事情呢？

因为有很多人在等，很多人会问，怎么没了？可能是我自作多情，我就觉得在中央广播电视总台这个平台上，或者在今天的中国电视这个行业里边，还是应该有《朗读者》第二季的出现。它应该继续往前走，让喜欢它的人看到。

和其他节目比起来，《朗读者》的意义在于能够“见人”，我觉得所有的艺术创作里面，最触动人心的就是人，没有什么比这个更宝贵了。人的精神、人的品质，还有人的遭遇，这是我能够倾注我所有心血去做的。

我对内容有一种别人不太能理解的狂热，比如说我们的嘉宾采访大约是两个小时，两个小时意味着听打稿可能有两万字左右，甚至三万字。我要把那三万字的稿子反复看几遍，因为划稿子的时候已经和录制隔去很长的时间了，然后你还要再回忆当时的状态，他的语速，你要进入到他讲话的一个语境当中，要想象他好像还在你的对面，然后根据那个语境开始划稿，把两万字划成两千字。我有很强烈的完美主义，接近强迫症的边缘吧，每一个字都是我一个一个划出来的，多一个字少一个字都会觉得不舒服。

做后期就是在机房里一宿一宿地熬，你知道电视是一帧一帧画面做出来的，那个画面永远有修改的余地，一坐十几个小时可能就坐过去了。

你问我有没有发过脾气，我记得有一次把一个导演训哭了。我们有一个嘉宾丘成桐，目前世界上最好的数学家，数学奖的大满贯，像菲尔兹奖、克拉福德奖，这些都是所谓数学界的诺贝尔奖。他曾经是哈佛大学数学系的系主任，到现在依然活跃在世界的数学领域。我觉得这样的嘉宾能够请来很不容易，来了以后，他朗读《归去来辞》，大屏幕上用竖版把读本打出来，跟随他的朗读，一行一行字出现，但那个字幕和朗读的速度永远对不上，一遍、两遍、三遍，那个数学家很耐心，一遍读、两遍读、三遍读。

整个结束之后，我记得我当时特别愤怒。我就说太不专业了，怎么可以这样去浪费大家的时间，我说你知道丘成桐对世界意味着什么，如果你没有敬畏心，我说你不配做这个节目组的导演，他的时间是以分秒来计算的，因为我们耽误了他很多时间，他的一个小时、两个小时、三个小时，那也许就是人类的一大步，对吗？

当时发完脾气过后我也会有点内疚，别人就慢慢变得有点害怕你了。我可能太以专业性为目的，这个可能会让我不经意伤害到不少原本很喜欢我的那些人。

我们最后一场录制是在今年的6月9号,录完最后一个嘉宾,时针已经指向了6月10号的凌晨两点了。大家就稍微庆祝一下,在现场开了一瓶香槟,然后切蛋糕、拍照,很多工种就散了。

最后二十几位核心导演留下来,就在舞台上,我说每个人都说几句话吧,平时都是你们在听我说,现在我也很想听你们说。到了告别的时候,我才知道原来每个人身上都有故事,有人说着说着就哭。我们这一年多的时间,团队里有人离婚了,有人大病,有家人生病,有自己在写论文、答辩,大家都是焦头烂额的过程。

这些他们平时都不敢跟我讲,我才知道自己实在不是邻家大姐姐的那种领导风格。我也觉得很内疚,原来可能觉得这人没有投入足够的精力,做得不够好。因为我不允许自己这样,所以让他们什么都不敢跟我讲。我就觉得有点愧疚吧,毕竟团队大家也都很努力。但是我依然觉得,走完这个过程,最终的收获是他自己,不管这个过程当中你是表扬他也好,责备他也好,成长是最重要的。

《朗读者》对我自己也是一样的,最大的收获就是你发现你还有成长的可能。哎,你做得可以了,你已经做到顶了,我大概在好多年前就听到这个话,其实每个人依然有成长的可能,这个成长不只是在专业领域,还有很多别的方面。

2

《朗读者》请过一位嘉宾吴孟超,是中国著名的肝脏外科医生，他读的是张晓风的那篇《念你们的名字》，写给医学院的学生的。“你需要学多少东西才能免于自己的无知……你要怎样自省才能在千万个病人之后免于职业性的冷静和无情。”其实任何职业都要提防“职业性的冷静和无情”。

我在2012年的时候，就遇到了这种所谓的“职业性的冷静”。那段时间蛮痛苦的，就是所有交到你手上的节目，你觉得都是一样的。那些娱乐节目——我不知道这样说好不好——现在有时候看那些节目，依然会觉得那只是在做无谓的消耗。那时候我还远远不知道未来有《朗读者》的出现，但是我已经知道有些节目我不想再做了，不想再那样重复。

我在中央台安身立命十六年，最骄傲的一点是我百分之百地投入，但2012年我发现我做不到了，你会觉得特别痛苦。而且这种东西出现的时候只有你自己知道，别人看不出来。因为你的职业表达是很容易遮盖掉一些东西的，但是慢慢久了别人会知道，而且久了你会退步的。

我决定自己按一下暂停。

我从2013年的下半年开始申请美国的学校，到2014年主持完春晚，这中间有七八个月的时间，所有的细节都在准备当中，在几个学校之间反复地选。当时晚上整宿睡不着，特别地恐惧，没有安全感。因为你已经决定了，但是没有人知道你决定了，你也不知道你的决定会带来什么。

我当时其实已经做好了最坏的打算，就是回来没有我的位置了，因为这个行业的竞争也很激烈，而且我花了将近二十年才走到这一步，只有我知道我为它付出了多少，不是那么轻而易举的。曾经在我心里，只有工作是最重要的，我可以为了它什么都不要。我不考虑结婚，也不考虑生孩子，从来没有把任何事情看得比这件事情还要重要。

当时我父母坚决反对(出国),他们的理由是你四十岁了，留学是二十岁时候做的事情。我说我二十岁的时候，没有这样一个机会，我觉得我缺失。很多人说，你在国内学学不行吗？你停下来，你去报个什么班。我知道那停不下来的，只要你还在北京，在国内，就会有工作给你派下来，你没法说完全彻底地停下来。

后来就去了南加州大学。

我尽量地不去想在国内的事情，给自己多安排点课程。不上课的日子，就漫无目的地在学校里溜达，觉得阳光好得刺眼。

在国外读书的日子，其实就是克服那种恐惧感的过程，让自己真正地平静下来。那时我连微信都没有，只偶尔地看手机新闻报，iPad 只有两个界面，一个是英汉辞典，还有一个是菜谱，因为我要自己做饭。我让自己的每一天都非常规律，不管是在学校有人认识你还是没人认识你，都让自己觉得是一件平常的事情。不管在课堂上能提问还是不能提问，听懂了还是没有听懂，都让自己不要焦虑。

这个过程，你不能说像重生，它像在打磨你的心灵。慢慢地，真的就切换到了非工作模式，一天、两天，半年、一年，你就不会想着我要去工作。打个不恰当的比方，就是你离开了一个你很爱的人，时间让你慢慢不那么想他了，不是说不爱了，也不是说遗忘了，只是不那么想了。你每天有更多的时间想别的事情。

打破平静的是哈文的一个电话。2015 年春节前，她给我打电话，说让我主持春晚，我觉得不太可能，当时已经有整整一年没有化妆，没有穿高跟鞋，也根本不考虑穿哪条裙子还是哪条裤子的问题，我不在那个状态了，不知道还能不能以很好的状态回到舞台上。

所以我就拒绝了，后来她又追了两个电话回来。你知道那个时候在那么遥远的地方，组织上对你这么信任，说你一年没有站在这个台上了，依然邀请你回来参加最重要的这个节目，你的心里还是会有很大的安慰和满足，觉得好像大家还很惦记你啊，于是就回来了。

那年主持春晚感觉很神奇，觉得很开心，就像是久别重逢。你发现有些东西是在你的血液里的，就像你学会骑自行车，你可能十年不骑，你还是会骑。你掌握了某种语言，可能你很久不说它，你还是会说，就是这种感觉。

我当时还有一种感觉，如果再有人来找我做节目，我一定做一些我真的想做的节目，而不再只是简单地重复过去了。所以才有了后来的《挑战不可能》《中国诗词大会》，还有《朗读者》。

3

在主持了十三年春晚之后，2018 年没有主持春晚，其实挺意外的。

除了意外，就是有些舍不得，好像还没有做好充分的心理准备离开这个舞台。之前也听到了一些传闻，因为按照我们的经验，到一定的时候就应该会有通知要上春晚，然后也没有得到这个通知，慢慢地想到大概就是这么回事儿了吧。

有很多朋友来安慰我，大家也都是因为喜欢你，就说怎么会这样。你要在调整自己的时候，还不得不拿出很多的精力去安抚别人。

那年春节是和爸妈一起过的，我们就全家一起在家里做年夜饭，看了春晚，然后休息，特别正常的一天。家里的气氛没有觉得有什么不对，因为不做春晚的那种心理上的波动在春节之前就已经慢慢过去了。

很多人说我去美国读书是自动的一个刹车，现在想来好像冥冥中自有安排。那个时候你已经在磨炼了，内心也在翻滚，也在煎熬，但是慢慢地，你能放下恐惧和担忧。这个恐惧是什么？说穿了，无非是你不能再站在中央的一种恐惧。你知道自己也许会走下坡路的恐惧，然后你强迫自己去做一种改变，去学习，去思考，去寻找新的方向，去为未来成为更好的自己做准备。

我现在还记得 2005 年是第一次主持春晚，那届郎昆是总导演，他给我打了一个电话，就说咱们准备准备可以进组了，一定要保密啊，千万不能告诉别人，就是父母也不能说啊。我憋了两天以后，还是没忍住给我妈打了一个电话，说你不能对外面说哦，现在还没有公布。当时觉得非常幸福，似乎实现了自己的一个梦想。那个时候也是先听到了很多传闻，说你有可能上今年的春晚噢，心里开始暗暗地希望它的发生。到了 2018 年，也是听到了传闻，说可能不上今年的春晚了。

多有意思啊，一切都仿佛是在轮回，发生着一些相似的场景，但是内容却大不相同。

我真的用尽全力了，春晚没有出现，心里一定会有波动的，但是我还是很庆幸我做了足够多的努力，这些努力让你在得到的时候，觉得很踏实，在失去的时候，也不会有太多的遗憾，因为我已经全力以赴了。

4

我爸爸是农村长大的孩子，老家条件也很苦，爷爷过世很早，奶奶又是农村妇女，家里特别贫穷。我父亲骨子里就认为一定要勤奋，要刻苦才能改变命运，这是他的人生信条，这种人生观深深地影响了我。他让我从小要做家务，要读书，要练习长跑，要锻炼所有的独立生活的能力。

这种严苛的教育可能曾经伤害过我，但是现在也觉得，任何事情都有它的两面性。我现在自己有孩子了，我还是觉得对孩子严格一些更好，但是现在因为工作的缘故，很少能照顾到自己的孩子，更多的要交给我的父母来帮我照顾，隔代的教育就会宠溺很多，很多时候我觉得没有原则，心里就会暗暗地纠结，我想有一天要把小朋友带在我的身边，我要好好地管教他。

这种教育的弊端就是让你觉得不太自信，你必须要做得比别人好很多，你才有自信心。如果你跟别人差不多，你就觉得自己不如别人，经常会产生出一些不安全感。还有一个就是，你不喜欢依赖任何人，你只靠自己。所以为什么我很多时候亲力亲为，是我不喜欢去埋怨别人做得不够好，我只能自己去做。

我在工作当中是充满防备的，充满战斗性的。我以前累到一年做一百三十多场，累到摔到尾椎骨第四节骨裂，然后瘸着拐着撑下来，累到生理期紊乱，整个脸全都是痘痘，再累都没有说。

确实一直很紧张，我也不知道怎么松弛。可能跟我的成长环境有关系，我们这一代人成长于二十世纪七十年代末到八十年代初，那是整个中国社会发生剧变的一个时代。就是你突然之间明白了，你可以有机会改变自己的命运，你可以比自己的父辈们过得更好。而你的确也抓住了一些机会，你会变得越来越紧张，你获得的越多，你的负担也越大。

在美国读书的时候有一些朋友，他们说你可以松弛一些，我说你们美国人是富裕时间太久了，所以都比较懒散。他们的确很放松，一周五天的工作日过后，一定去休假，一定周末关机。我刚去的时候被他们逼疯了，周末所有的房屋中介都关机，我说我要租房子，全部是留言，不会有人回复你，一定到礼拜一才回你。我想我们国内的中介是多么勤奋啊，你发什么他马上给你找房源。

因为不想辜负这些来之不易的机会，所以我会那么努力，不管交给我什么，我都能够百分之百地超出导演的想象去完成。我并没有觉得有比别人更强的地方，但是你只要把这个事情交给我，我一定不会让你失望的。

我们有撰稿人给主持人写好台本，那我一定不会完全只按照这个台本说的，我会把只按照台本说看成是我的一种失职。我的记忆力非常好，一个十页纸的台本，我大概两个小时能够全背下来，但是，你就敢上台了吗？那是多么可笑的一件事情。

二十年前我敢，二十年前我更关注的是，我怎么样把我的头发弄弄好，我要从哪儿借套更好看的衣服，我一定要比站在我边上的人更白、更高、更瘦，那样才好。但是后来，我不知道是从什么时候开始的，有一天我就觉得，这样对吗？可能是到了中央台以后，对，应该是到了中央台以后。因为你发现你准备过的一些东西得到了认可，中央台的确是个大平台，你的一点点优点会被无限放大。

我是 2002 年到北京的，头几年也过着跟大家一样的北漂生活，租房这些都不用再讲。那时候我在西部频道主持《魅力 12》，那个频道是新的，在华东地区不落地，我爸妈在上海根本看不到。那两年觉得挺窝囊，就是你做得很辛苦，可是没有人知道你在干什么。直到有一天，我坐出租车，司机说："你是那个《魅力 12》的主持人吗？那个节目挺好的。"后来做了一年多之后，有台领导在会议上说，西部频道《魅力 12》那个节目做得不错，那个主持人也不错，然后 3 套才会关注到 12 套有这么一个主持人。我才知道，其实你去做了，就会有人看到，得到鼓励之后，我会花更多的时间去做，然后会形成一种工作理念。

现在的危机感可能来自对自己能有多少超越，跟自己之间的那种较量。

你有没有注意到这一季的札记，很多都是我特别喜欢的话。“生命的意义是如此厚重，无论我们怎样全力以赴都不为过。因为我们生而为人，生而为众生。”我是一个活得特别用力的人，用力不够的话我自己会觉得不过瘾，你会觉得日子似乎白过了，多可惜啊。

（《人物》记者张月整理）